오늘도
핸드메이드!

머릿속에 떠오르는 첫 기억이
무엇인가요?

엄마 손을 꼭 잡고 갔던 목욕탕, 유치원에서 집으로 뛰어가던 골목길, 친구와 나눠 먹던 300원짜리 국물 떡볶이처럼 희미하게 떠오르는 내 생의 첫 순간. 저는 밥을 먹는 네 가족의 모습을 그려 유치원 선생님과 엄마의 칭찬을 받았던 날이 가장 강렬한 처음입니다. 종이만 있으면 무엇이고 그려내던 그때부터였을까, 학창시절 내내 만화가를 꿈꾸었던 제게 지금 그 꿈 같은 일이 벌어지고 말았네요.

프리랜서의 고단한 삶을 위로하고자 핸드메이드 작업이 내게 왜 소중한지에 대한 만화를 그려 올리게 된 것이 『오늘도 핸드메이드!』의 시작이었습니다. 한 분, 한 분 이런 소소한 이야기에 관심을 가져주셨고, 도전만화 포털 중에는 댓글에 답글을 달 수 있는 곳도 있어서 감사한 마음을 열심히 남기곤 했습니다. 그러던 중 믿기지 않게도 네이버에서 연락이 왔지요.

만화 속 '소영'의 입을 빌려 하고 싶은 이야기와 그리고 싶은 것들을 그렸던 지난 1년 남짓. 체력적으로는 가끔 힘들기도 했지만 압도적으로 행복했던 시간이었습니다. 아마도 이런 기회는 생에 다시 오지 못할 것이라고 생각합니다. 더불어 감사한 제안 덕분에 화면을 넘어 책으로도 만져볼 수 있게 되었네요. 고마운 분들이 너무 많아서 헤아릴 수 없는 지경입니다.

　　엄마의 칭찬이 좋아서 연필을 쥐고 놓지 않았던 어린이는 지금 매일매일 과분한 칭찬을 받으며 만화를 그립니다. 뭐든 끝이 있다는 것을 알기에 곧 『오늘도 핸드메이드!』 작가로서의 행복한 일상도 마침표를 찍게 되겠지요. 여러분의 소중한 책장 한편을 이 책에 내어주셔서 진심으로 감사드립니다.

　　저의 한 문단을 함께 읽어준 모두, 좋은 하루 보내세요!

차례

 41 여름을 맞이하는 마크라메 발

쩅한 햇빛이 쏟아지는
계절이 돌아왔습니다.

여름 냄새가 퍼질 때면
나름의 방식으로 계절을 맞이합니다.

얼음을 잔뜩 넣은
믹스 커피를 타고

풍당

풍당

바람이 잘 통하도록
미닫이문을 떼고

볕이 강하지 않은 곳으로
화분들도 옮겨줍니다.

그리고 올해엔
여름용 발을 만들어보려고요.

뒤적

뒤적

준비물은 커튼봉과 콘면사,
청색 꽃무늬가 담긴 도자기 구슬.

'마크라메'라는 유럽의
매듭 기법을 활용하려고 합니다.

우선 발의 길이보다
3배~3.5배 정도 길게 실을 준비해요.

넉넉하게!

봉에 짝수로
실을 묶어줍니다.

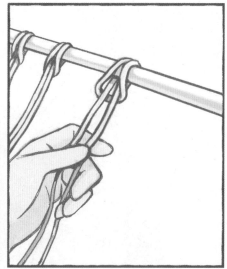

매듭 방법은
익숙해지면 참 쉽습니다.

처음 고리와 반대로
한 번 더 교차해서 매듭을 묶어줍니다.

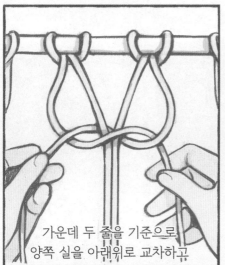

가운데 두 줄을 기준으로
양쪽 실을 아래위로 교차하고

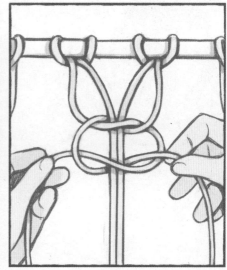

대략의 무늬를 생각하면서
쭉 매듭을 짜 내려옵니다.

이제부터는
시간과의 싸움입니다.

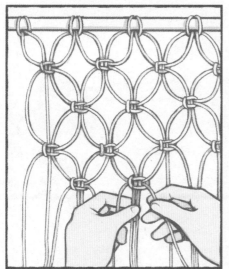

며칠씩 걸리는 작업은
어깨도 아프고 지겹기도 하지만

가끔씩 엄마께서
손을 보태주시기도 하고

고마워,
엄마.

고맙긴,
내 건데…

여름밤과 어울리는 음악도 있어

밤이 찾아와도 ♪
어둠이 내리지 않는 ♪

비교적 즐겁게
매듭 작업이 끝났습니다.

누나
다했다!

헥헥

이제 커튼봉을 달아
마무리할 준비를 합니다.

매듭 끝에
이 도자기 구슬을 달면

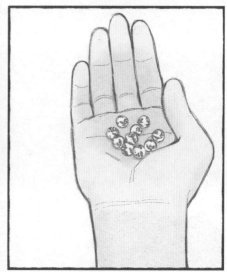

바람이 불 때마다
여름 소리가 들리겠지요?

정성을 들인 만큼
예쁜 마크라메 발이 완성됐어요.

오가며 코끝에 부딪히는
차가운 구슬의 촉감이 좋습니다.

개인적으로
달갑지 않은 계절이지만

가만히 있어도
땀이 나네…

이따금 이때만의 느낌이
그립기도 해요.

늘어지는구나-

우리 집 현관에 먼저
자리 잡은 작은 여름과 함께

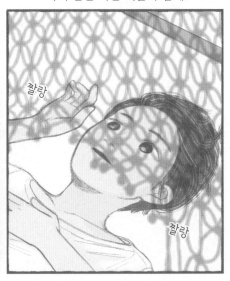

다가올 진짜 여름을
반갑게 맞이해볼까요!

——————————————Tip!——————————————

마크라메 매듭은 한국에는 팔찌로 더 많이 소개된 기법입니다. 실 굵기에 따라 팔찌, 월행잉, 드림캐처, 화분걸이 등등
다양하게 응용할 수 있는 범위가 넓고, 매듭의 간격이나 같은 모양을 반복하거나 횟수를 교차하면 기하학적이고 멋진
무늬가 만들어지기도 합니다. 이전 에피소드의 충전기 매듭도 이 방법이지요. 만화에 소개된 기본 방법부터 꼭 시도해보
세요!

㊷ 평화의 계피 스프레이

드디어

위이이이잉~

위이잉이잉~

모기들과의 합숙이 시작됐습니다.

모기를 잘 못 잡는 편이에요.

으, 더워…

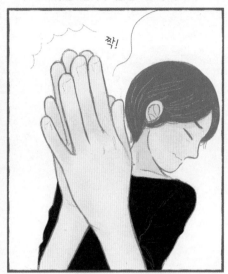

짝!

그들에게는 내가
훨씬 더 무서울 텐데

소리만 들어도 쭈뼛
소름이 끼칩니다.

위이이잉이잉~

가끔 세면대에 앉은 모기를
물로 흘려보내지만

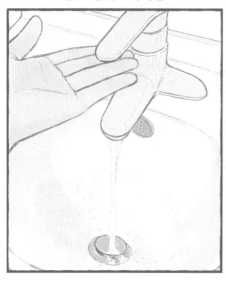

마음이 좀 그렇습니다.

똑

그래서 올해는 마련해둔 것이 있지요.

바로 천연 모기 퇴치제인
'계피 스프레이'.

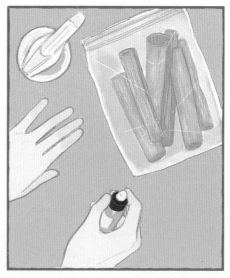

오늘도
핸드메이드!

먼저 통계피를 잘 씻은 뒤

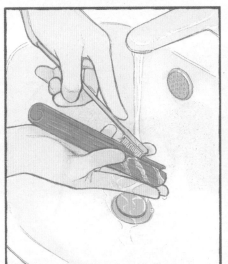

적당히 부숴
밀폐용기에 담습니다.

여기에 식물성 에탄올을 붓고
2주 동안 담가두어요.

중탕 가열해도 되지만
위험할 수 있으니 시간을 들이도록 해요.

계피엔 모기가 싫어하는
향과 성분이 있다고 합니다.

2주를 더한 계피 숙성액을 꺼내

스프레이 공병에
30밀리리터 정도를 따라줍니다.

여기에 시트로넬라 오일을
스무 방울 더하고

마지막으로 물 70밀리리터를 따르면
천연 모기 퇴치제가 만들어져요.

자주 나타나던 곳에 뿌려두면
신기하게도 모기들이 오지 않습니다.

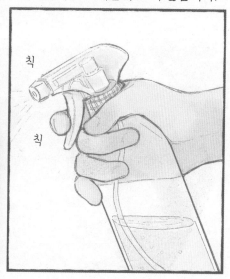

피부에 직접은 말고
옷 위나 방 안에 마음껏!

진드기를 쫓는 데도
효과적이라고 해요.

어느 한쪽만 힘든 관계가 드물듯이

그들도 우리와 살아내기가
만만치 않을 거예요.

어쩌면 죽이고 싶지 않은 마음이
무서움으로 나타났을지도요.

싫든 좋든 함께해야 할 운명이라면

우리 이제 평화롭게
따로 삽시다!

─────────── Tip! ───────────

계피 원액은 한 번 만들어놓으면 희석해서 한 철 내내 사용이 가능합니다. 모기뿐만 아니라 진드기나 벌레들도 계피를 싫어하기 때문에 피크닉을 갈 땐 돗자리 근처에 뿌리거나, 반려동물에게도 살짝 멀리서 뿌려주면 진드기 예방이 되고요. 저는 창가나 방충망에도 한 번씩 뿌려주곤 합니다. 계피 향을 싫어하는 분들은 사용을 조금 고민해보세요.

㊸ 맛있는 종이실 부채 레시피

피부가 아플 정도로
뜨거운 날들이 지속되던 지난주

덥다

그만
시선을 빼앗기고 말았어요.

무척이나 선선해 보이던
이국적인 부채에!

숨 막히는 더위 속,
유유히 부채질을 하던 그 모습이

어디서 산 건지
물어볼까…

오는 내내 머릿속에서
지워지질 않았습니다.

부채는 왕골 공예로
만들어진 것이었군요.

왕골?

제대로 배우려면 겨울까지
구경도 못할 것 같으니

나름대로 그날의 잔상을
되살려봐야죠!

두꺼운 철사를 펜치로 구부려
부채 틀을 만듭니다.

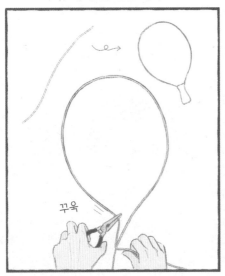

꾸욱

손잡이 부분은 철사를
두 번 감아서 튼튼하게!

오늘도
핸드메이드!

왕골 색의 종이실로
시원한 느낌을 내보려고요.

손잡이를 벽에 걸 수 있도록
원형뜨기로 시작합니다.

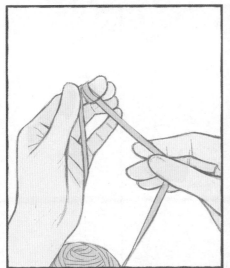

짧은뜨기를 두 번 정도 반복해
고리가 생기면

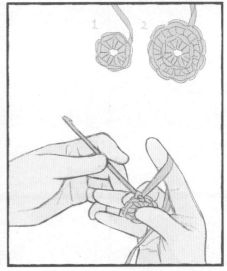

긴뜨기로 쭉쭉
몸판을 짭니다.

긴뜨기는 속도가 빨라요.

한 번 감아 한 코 걸고

두 고리를 한 번에 빼내기 X 2

철사로 만든 틀에 맞춰보면서
부채 모양으로 그려가요.

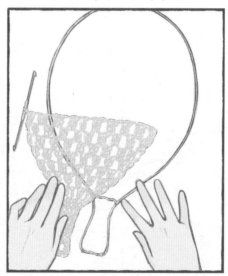

종이실은 자칫 코바늘에 찢어지니
조심히 떠야 하지만

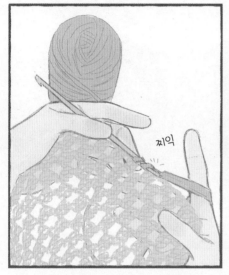

찌익

털실과는 또 다른 느낌이
참 재밌습니다.

전체적으로 두 코씩 건너 떠서
그물 느낌을 주었어요.

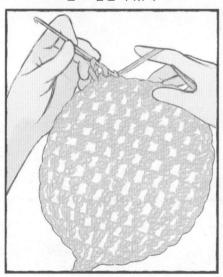

뜨개가 끝나면
틀과 몸판을 이어줍니다.

버튼홀스티치

철사가 보이지 않도록
반복해서 단단히 묶습니다.

꽉

X2

그런데 힘없이 휙휙
꺾여버리고 맙니다.

잠시 좌절할 뻔했지만…!

손잡이에 기둥이 되어줄
철사를 두 겹으로 꽂아

종이실로 휘감으며
엮어주었더니

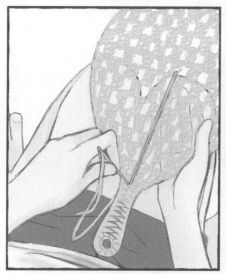

종이실 부채가
튼튼히 완성됐습니다.

레시피를 따르는 것도 좋지만
직접 부딪혀가는 맛과
비교할 수 없습니다.

세상에 나만
아는 맛이 있다는 것이니까요!

——————————————— Tip! ———————————————

여기서 사용한 종이실은 '미도리'라는 브랜드입니다. 일본에서 종이실이 다양하게 나오는 편인 듯해요. 보통 밀짚모자처럼
여름에 잘 어울리는 시원한 모자를 뜨거나, 가방을 만드는 데 많이 활용됩니다. 자연스러운 색과 바삭바삭한 촉감이 큰 장
점이지요. 종이실이긴 하지만 가벼운 물세탁 정도는 가능하다고 하네요.

44 초라하지 않은 패브릭 박스

새 신발을 신었습니다.

오래간만에 얼굴을
볼 수 있는 날이라서요.

하진이다~

똑똑

머리를 잘랐네요.
살도 좀 빠진 것 같고.

다 같이 공부도 하는 것 같고….

저번엔 잘
들어갔어요?

전 평일엔 다 괜찮아요~

응, 우리 다음
스터디는 언제더라?

오랜만~

오늘따라 힘이 쑥 빠져
돌아왔습니다.

나도 분야가 같았으면 좋았을 텐데.

그럼 내가
은솜이한테 한번
물어볼게.

띠띠띠…띠

무슨 공부 하는
거야?

새로운 개발 기술이
나와서요.

덜렁 알맹이 빠진
신발 박스가

왜인지 안쓰러워 보여
책상 앞으로 가지고 왔습니다.

누나 왔어~

초라해 보이는 박스를 소중하게
쓰고 싶어졌습니다.

박스의 모서리를 자른 뒤 잘라낸 조각을
종이테이프로 고정했어요.

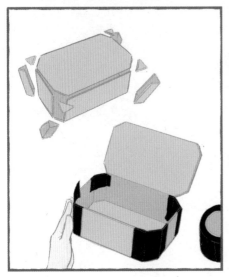

따스한 꽃과 줄기로
박스를 감싸줄 겁니다.

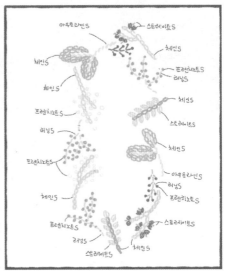

듬뿍듬뿍
정성을 쏟았습니다.

이제 목공용 풀로
겉면부터 원단을 붙여요.

뚜껑 다음엔 옆면, 밑면순으로!

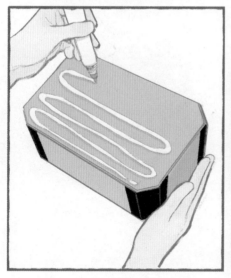

이음새는 한 번 접어 넣어
마무리하면 깔끔합니다.

박스가 보이지 않도록 안쪽도
꼼꼼하게 원단으로 감싸줍니다.

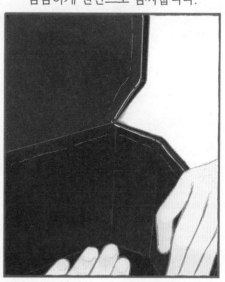

오늘 무슨 일 있었어?
기운 없어 보이던데.

지잉

지잉

다정해서 더 서운해지고 맙니다.

받아줄 이 없는 마음은

못나게 쌓이고만 있습니다.

따다…다닥

어제 늦게 자서 몸이 좀 안 좋았어요.
다음에 또 같이 봐요, 오빠!

그럼 다행이고,
푹 쉬어 :)

따닥

" :) "

풀이 마르면 다리미로 눌러
반듯이 정돈해줍니다.

구겨진 마음도 이렇게 쫙 펴고 싶은

어느 초라한 날에
만들어버린 너.

**오늘도
핸드메이드!**

생각보다 더 예쁘게
완성되어줘서 고마워 :)

―――――――――――・――――Tip!――――・―――――――――――

목공용 풀은 정말 만능 풀이라고 생각합니다. 나무와 나무, 종이와 원단, 원단과 원단, 실로 다양한 재료들을 붙여주니
까요. 자수를 놓지 않더라도 원단은 예쁜데 안 입게 된 옷 등을 활용해서 박스 리폼을 시도해보세요. 다만 바닥의 종이 색
이나 풀 자국이 잘 보이지 않는 어두운 계열의 원단이나 두꺼운 원단이 완성했을 때는 더 예쁘답니다!

"초라하지 않은 패브릭 박스"

종이박스의 새로운 변신

언제부터인지 동물이나 식물을 보면 내심 미안한 마음이 들곤 합니다. 내가 그들에게 주는 거 없이 받기만 한다고 여기게 되면서부터인 것 같아요. 특히 일하면서 종이와 종이박스는 정말 많이 사용하게 되는데, 항상 한 번 더 사용할 수 있는 방법이 무엇인지를 고민합니다. 특히 신발 박스나, 포장 박스는 버리기 아까울 정도로 튼튼하게 제작되지요. 어느 숲의 나무라도 자기가 박스가 될 거라고는 상상하지 못했을 테니, 기왕지사 내게 온 것을 아깝지 않게 써주고 싶습니다. 그럴 때는 제가 할 수 있는 여러 가지 것들이 도움이 됩니다. 만화에서처럼 자수를 놓은 원단을 씌우거나, 색을 입혀 박스의 질감을 잘 가리면 원래 이 용도로 준비된 것 같은 산뜻한 기분으로 박스를 재사용할 수 있습니다. 아니면 이전의 생활계획표 에피소드처럼 나무를 대신해서 사각 프레임을 만들어 작업용으로 사용하거나 액자로 쓰기도 해요. 그리고 제가 가장 많이 활용하는 경우는 날개 부분을 정리해서 작업실의 정리함으로 쓰는 방법입니다. 작업뿐만 아니라 생활을 할 때 나오는 영수증, 종이, 단추, 실뭉치 등등 분류할 수 없는 자잘한 물건들을 담아 블록을 맞추듯 보기 좋게 정리합니다. 정말 튼튼한 건 4~5년 전부터 쓰기 시작해 아직도 버티고 있는 정리함도 있습니다. 그냥 정리함이 지겹다면 종이 바구니를 만들 수도 있고요. 아마 세상에 이미 만들어진 종이박스를 전부 재활용하게 된다면 더 이상 새로운 종이박스를 만들기 위해 나무를 벨 필요가 없지 않을까요?

45 권태 시 여행 충전기

숨만 쉬어도
더운 날의 연속.

지인들도 하나둘
시원한 곳으로 떠나기 시작하네요.

좋겠다...

휴가는 따로 없는
직업이지만

올여름은 꼼짝없이
집에서 보내야 할 것 같습니다.

그그긍

으그그긍

사실 쉬고 싶다기보단
여행을 가고플 뿐!

권태로움에 마음의 배터리가
절전모드로 겨우 유지되고 있습니다.

깜빡

깜빡

마지막으로 다녀온 여행지는 대만!

자질구레한 것들을
잘 버리지 못하는 나는

그곳의 조각들을
하나도 정리하지 못했습니다.

티켓과 영수증 들을 붙여
여행 일기도 몇 장 써봤지만

뒷심이 부족해 가져간 노트째
보관하고 있었지요.

그러다 지난 여행을 정리할 수 있는
정말 좋은 방법을 찾았습니다.

떠나지 못하는 오늘, 대만에서의
여름을 떠올려볼까 해요.

**오늘도
핸드메이드!**

준비물은 깊이가 있는 액자와 여행의
기억들, 테이프, 칼과 두꺼운 종이.

먼저 종이 위에
나라 이름을 쓰고

칼과 자를
이용해서 반듯이 잘라요.

제목이 정해진 종이 위에
마음껏 기억을 배치합니다.

달곰쌉쌀한 버블밀크티
원조집의 코스터를 처음으로

색다른 맛과 향이 가득했던
곳들의 얇은 영수증,

별을 뿌린 듯 일렁이던
101타워의 야경!

**오늘도
핸드메이드!**

짧은 일정이었지만
기억 속에 박힌 여러가지 대만을

앞면에
잘 고정해주고

꾸욱

꾸욱

오려낸 글씨 뒤로 향냄새 가득했던
사찰에서의 순간을 끼웁니다.

그리고 써두었던 여행 일기와
나머지 조각을 잘 펴서 닫습니다.

49

대만과 함께 떠오르는
강렬한 빨강이

이 액자를 볼 때마다
떠오를 것 같습니다.

다했다!

짧지만 가득히 완성된
지난 여름의 여행이

권태가 그칠 때까진
비상용 충전기가 될 듯합니다.

—————————— Tip! ——————————

이처럼 지난 여행을 기록하는 아이디어는 생각보다 여러 가지가 있습니다. 책처럼 납작한 상자 속에 기록들을 넣고 닫아 책등에 나라 이름을 적고 나란히 꽂아놓기도 하며, 유리병 속에 넣어 보관하기도 하지요. 핀터레스트나 구글에 'travel keepsakes ideas'를 검색해 다양한 아이디어를 즐겨보세요!

46 다복다복 그림 액자

시간은 정말이지 빨라서

반가운 이의 한 컷을
마주할 때면 깜짝깜짝 놀라지요.

우와~ 벌써!

볼 때마다 한 뼘씩 커지는
사촌 동생들의 키만큼

어른들도 몇 뼘씩
성장해갑니다.

종종 초대되는
누군가의 소중한 날,

시간이 된다면 한 가지 선물을
더 준비하곤 해요.

톡톡한 종이와 수채화 물감,
그리고 사진만 있으면 됩니다.

충분히 마를 때까지 기다려주는
여유도 잊지 말고요!

빨강과 노랑을 섞어 살구색을 만들고
얼굴의 밑색을 칠합니다.

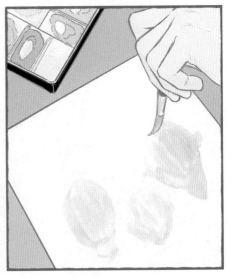

오늘도
핸드메이드!

마른 뒤, 진한 갈색으로
머리카락을 그려요.

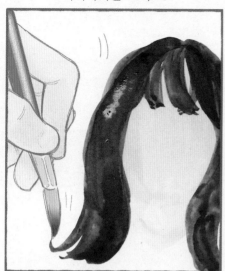

아기는 아직 머리숱이 별로 없으니
물을 더 타서 옅게, 끝으로 갈수록 진하게!

그리고 검은색으로 조심스럽게
안경테를 그립니다.

마를 때까지
한숨 쉬어주고

살구색에 갈색을 섞어
어두운 부분들을 표시해줘요.

코 밑부분, 미간, 귀, 턱 등

실수해도 괜찮습니다.
마르기 전에 물로 살짝 지우고 다시!

이제 펜으로 눈, 코, 입과
얼굴의 테두리를 묘사해줍니다.

이렇게 보니 쌍꺼풀 진한 눈이…
세 명이 정말 닮았네요.

눈은 언니를, 코는 오빠를
더 닮은 것 같네요.

얼굴이 마무리되면 이 가족을 위한
작은 바람을 담아볼까 해요.

언니 뒤엔 모성애를 상징하는
루피너스를 그려 넣고

오빠 뒤엔 부성애가
꽃말인 인동초를

한가운데엔 '단란한 가족'
바비아나를 피웠습니다.

딸기의 꽃말은
'행복한 가족'이래요.

맛처럼 말도 달콤달콤!

늘 초록 잎처럼
싱그럽고 건강하기를.

완성되면
액자에 끼웁니다.

한 가족의
따뜻한 장면이 펼쳐지는 날

작은 액자에 내 마음도
함께 전해진다면 더없을 거예요.

—————————————Tip!—————————————

저는 보통 손 그림을 그릴 때, '랑데뷰'라는 종이를 사용합니다. 전문 수채화 용지와는 질감이 다르지만 여러 번 덧칠해도 종이가 쉽게 일어나거나 상하지 않아서 연습을 하기에도 참 좋은 종이입니다. 저는 지류 회사에 직접 연락해서 1년치 정도를 뭉텅이로 구입해 사용합니다만 화방에 가도 구입할 수 있을 거예요. 같은 재료라도 종이에 따라 표현법이 달라지는 재미가 있답니다.

**오늘도
핸드메이드!**

"다복다복 그림 액자"

온 마음을 담은 순간들

캐리커처를 그리는 건 꽤나 오랫동안 해온 일 중 하나입니다. 여기저기 포트폴리오를 넣으며 일을 찾고 있을 때, 친구가 함께 플리마켓에 나가보자고 말해주었죠. 무엇을 가지고 나갈 수 있을까 고민하다가 캐리커처를 담은 엽서 아이템을 들고 처음 판매를 시작했습니다. 이전에 길에서 보던 캐리커처와의 차이는 사진을 받아서 그린다는 점. 누구나 소중한 순간이 담긴 사진을 핸드폰에 넣고 다녔기 때문일까 생각보다 더 좋은 반응을 얻어 만화를 연재하는 지금까지 종종 주문을 받아 작업하고 있습니다. 이때 처음, 내 손으로 준비한 것이 사람을 기쁘게 할 수 있다는 것을 깨닫게 된 것 같아요. 돈을 받는 일이었지만 그림을 받고 좋아하던 사람들의 표정과 제게 건넸던 다정한 말은 돈보다 더 소중한 기억으로 갖고 있습니다. 그리고 나의 지인들에게도 그런 순간을 정성껏 담아 선물할 용기를 주었지요. 사실 핸드메이드에 들어가는 품 때문에 주는 사람도 받는 사람도 부담이 될 수 있다고 생각하곤 했거든요. 선물에는 여러 가지가 있지만, 할머니가 떠주신 스웨터나 엄마가 담근 깍두기, 한 글자 한 글자 눌러쓴 손편지처럼 핸드메이드는 만드는 재료를 준비할 때부터 마지막 손길이 닿을 때까지 온 마음을 담을 수 있는 좋은 방법인 것 같습니다.

⟨47⟩ 단순해서 좋은 코바늘 손가방

코바늘 뜨기의 매력은

반복적인 무늬에서 느껴지는
규칙성이라고 생각해요.

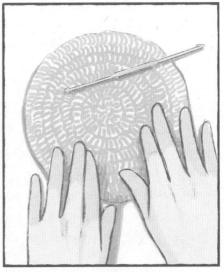

처음은 어렵지만 몇 번 반복하면
익힐 수 있는 규칙은

관계 속에도 있는 걸까요?

보통 왼손에 실을 감지만,
왼손잡이라 오른손에 실을 감고

코바늘로 필요한 만큼
사슬을 만들어줍니다.

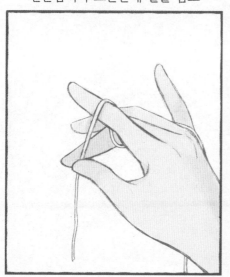

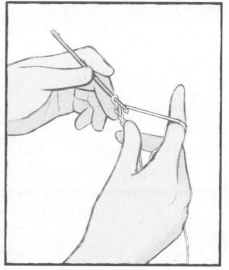

오늘은 '긴뜨기 한 코 교차뜨기'로만
무늬를 만들려 합니다.

사슬 끝에
기둥코로 세 코를 더 뜬 후

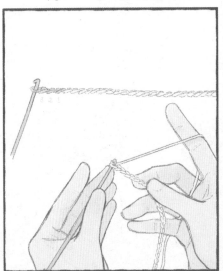

코바늘에
한 번 실을 감고

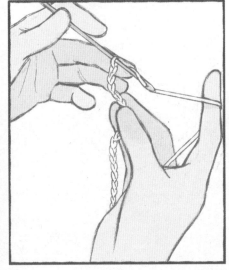

교차할 코를 건너 여섯 번째 코부터
바늘을 넣어줍니다.

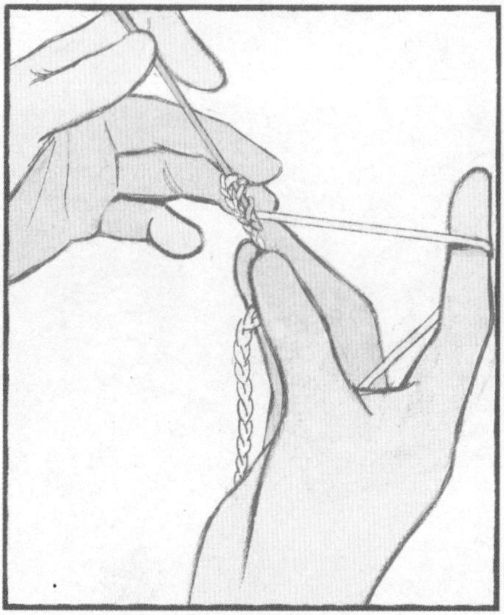

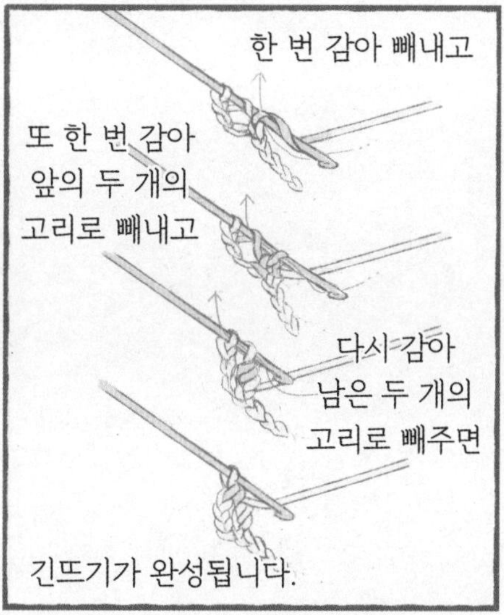
한 번 감아 빼내고
또 한 번 감아
앞의 두 개의
고리로 빼내고
다시 감아
남은 두 개의
고리로 빼주면
긴뜨기가 완성됩니다.

아까 건너뛴 한 코로 돌아와
긴뜨기를 해주면

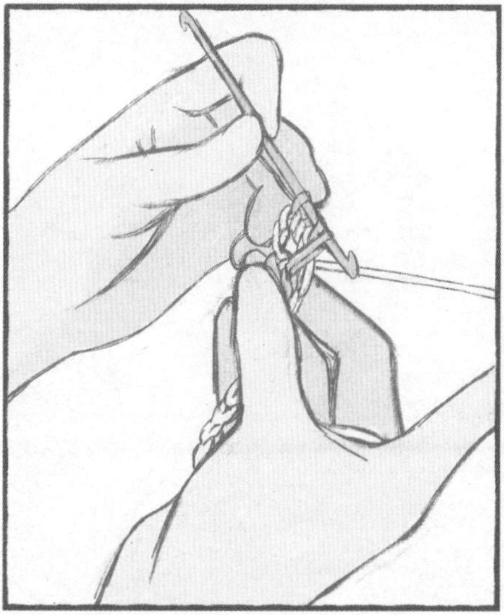

완성되는 귀엽고 도톰한
'긴뜨기 한 코 교차뜨기'.

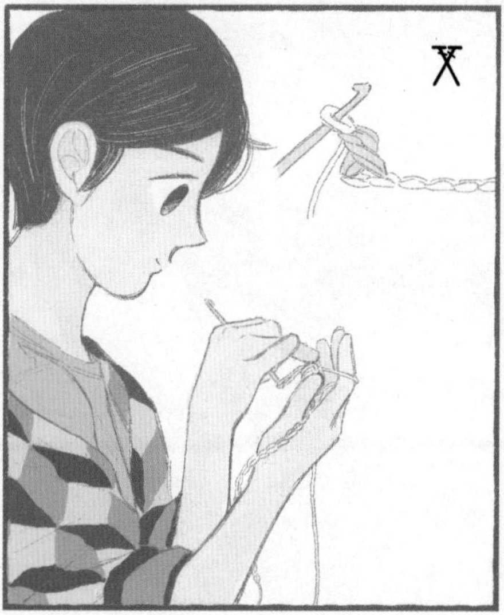

반복해서
쭉 몸판을 만들어줍니다.

문자도 하고, 전화도 하고

밥도 먹고
차도 마시고

나는 분명히 설레는데.
그도 그런지

그냥 친한 동기로서인지
물어볼 용기가 나지 않습니다.

문자 몇 번, 전화 몇 번, 밥 몇 번.

횟수를 채우면 어떤 인연이 완성되는
규칙이 생기면 좋겠습니다.

밥이 모자라는군…

중간에 손 구멍을 내주고
다시 한 줄씩 시간을 들여갑니다.

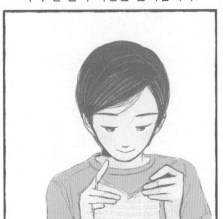

몸판이 완성되면 반을 접어
돗바늘로 옆선을 이어줍니다.

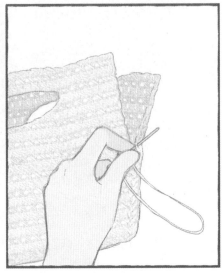

포인트로 도자기 구슬도
세 개 달아주니

단순하고 소박한
코바늘 손가방이 완성됐습니다.

동이야,
어때?

그래도 한 번 물어봐야겠습니다.

정말 이런 말을…!

해석할 수 있는 규칙이
꼭 필요하다고요.

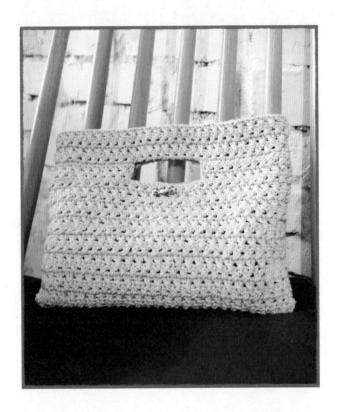

―――――――――――――Tip!―――――――――――――

아주 얇은 실이 아닌 보통 굵기의 실로 가방이나 바구니를 뜰 땐, 대바늘보다는 코바늘을 사용하는 것이 더 단단하게 형
태를 유지할 수 있습니다. 짧은뜨기보단 긴뜨기가, 긴뜨기보다는 교차뜨기가 더 단단해요. 한 코에 겹쳐지는 실이 많아
질수록 무늬가 예쁘기도 하지만, 그만큼 두께가 더 두터워지기 때문이지요.

**오늘도
핸드메이드!**

④⑧ 이해해줄래? 나의 코드

핸드메이드를 하면서
스스로와 약속 하나.

되도록 쓸데 있는 것을 만들자!

내키는 대로 만들면
어느새 가득 차버려서요.

하지만 오늘만큼은 꼭

쓸데없는 시간을 갖기로
마음먹었습니다.

이 친구들은 뜨개질을 쉽게
도와주는 '니팅 룸'입니다.

신기해라~

가장 작은 니팅 룸으로
'아이코드'를 짤 거예요.

아이코드는 원통형으로
짜인 기다란 편물을 말합니다.

장갑의 손가락 부분!

가운데 구멍으로 실을 쏙 넣어 빼놓고
한쪽 기둥부터 감아 한 바퀴 돕니다.

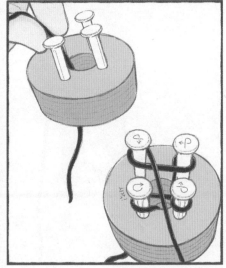

처음엔 한 바퀴 더해 두 줄을 준비하고
바늘로 밑의 실을 위로 씌워줘요.

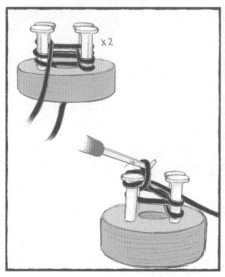

빼놓은 실을
당기면 한 줄 완성.

실이 꼬이지 않도록
한 바퀴를 또 감고

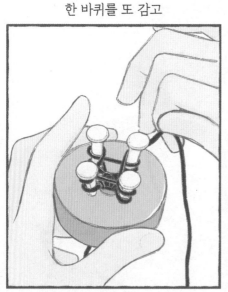

아랫실을 씌웁니다.
이렇게 원하는 만큼 떠가요.

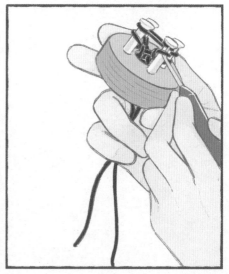

**오늘도
핸드메이드!**

정말 아무 생각 없이 손을 움직이는데
이만한 게 없네요.

실은 요즘 복잡한 생각들이
머릿속을 헤집고 돌아다녔습니다.

좋아서 한 선택이라도
종종 힘이 들기 마련인데

적어도 좋아하니까,
힘든 것도 사치니까,

이런 이유들로
마음을 가두게 됐습니다.

이해를 바라면 안 되는 걸까요?

누구나 각자만큼의
좋음과 힘듦을 가지고 있을 텐데요.

이런저런 생각에
길게 떠진 나의 코드.

**오늘도
핸드메이드!**

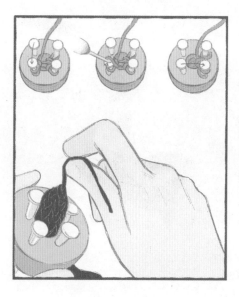

실이 있는 쪽에서부터
옆으로 옮겨가며 코를 줄이고

마지막엔 고리를
쭉 빼서 마무리를 합니다.

여기에 끝을 동그랗게 만
와이어를 집어넣고

끝의 실들을 두어 번 감아
코드 속에 숨겨줍니다.

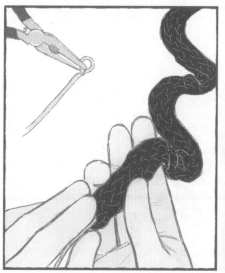

완성된 코드로
글자를 써봅니다.

음···

어쩌면 나를 복잡하게
만든 이는

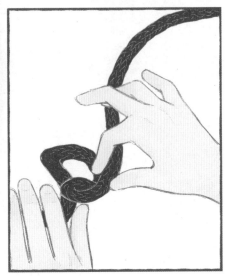

그 누구도 아닌
바로 자신.

오늘도
핸드메이드!

나부터 나를 이해해줘야겠죠?

이 에피소드에서 만든 제 이름과 함께 남편의 이름도 만들어서 결혼식 날, 조금 더 따뜻한 분위기를 내는 데 사용했었지요. 아이코드 니트 레터링은 안의 철사를 구부리면 디자인을 계속해서 바꿀 수 있기 때문에, 계절마다 나뭇잎이나 단풍잎으로 꾸미거나 공간마다 이름을 써서 인테리어 소품으로 쓸 수도 있답니다.

49 행운의 꿀벌 주사위

살면서 스스로 선택할 수 있는
미래는 얼마나 될까요?

어쩌면 인생의 대부분은
우연의 연속일지도 모릅니다.

만화를 좋아하던 내가
패션을 배우게 되고,

고생해서 들어간 회사를 나와
프리랜서가 되고,

공통점 없는 입사 동기를
짝사랑하게 될지는

전혀 알 수 없었습니다.

웃음소리
엄청 크다.

내내 짝사랑만 해온
삶에서 연애란

순정 만화를 통해 배운 것이 전부.

옆집에
살아야 되나…

우연 없는 현실에서
길을 잃고 말았습니다.

이번엔 운명에
맡겨보려고요!

원단 위에 정육면체가
될 패턴을 그리고

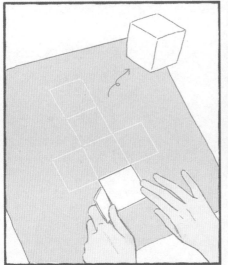

시접을 준 뒤,
자릅니다.

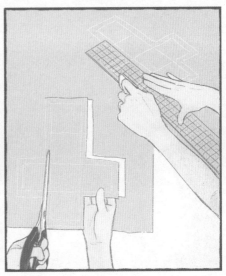

주사위의 숫자는
행운의 징조인
꿀벌이 좋겠네요.

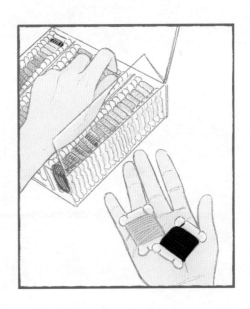

각 면마다 위치를 표시하고
수를 놓습니다.

노란 실로 먼저 줄무늬와
동글동글한 솜털을 만듭니다.

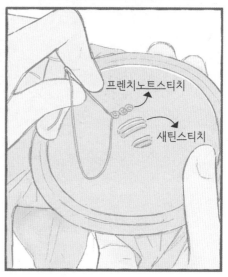

프렌치노트스티치

새틴스티치

검은 실로 꼬리의 침,
몸통, 얼굴, 더듬이를 놓아줍니다.

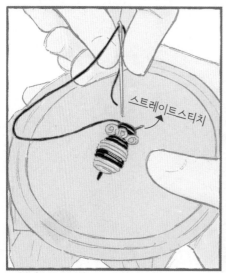

스트레이트스티치

옅은 하늘색으로 날개를 달면
귀여운 꿀벌 한 마리 끝!

레이지데이지스티치

하나씩 늘려가며
꿀벌들을 넣습니다.

앞으로의 일을 전부
알 수 있다면 어떨까요?

놀라움 없이 무지개를 만나고

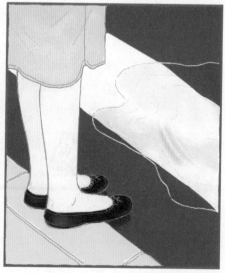

설렘 없이 시작을 하고

노력의 결과를 초조하게
기다릴 필요도 없고요.

우연, 기대, 도전, 운명이란
단어가 사라진다면.

내일, 1년 후, 10년 후를 상상하는
재미도 없어지겠죠?

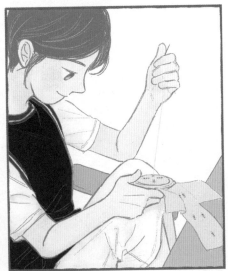

여섯 면의 자수가 완성되면
모서리를 이어줍니다.

솜을 넣고 닫은 뒤,
모서리를 잘 다독이면 완성입니다.

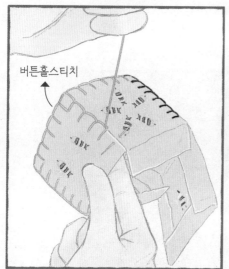

버튼홀스티치

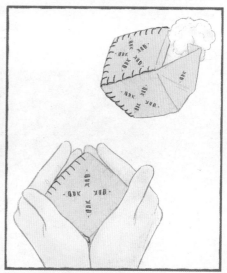

드디어 결정의 순간.

짝수가 나오면 고백,
고백입니다!

---Tip!---

스트레이트, 프렌치노트, 새틴, 레이지데이지 스티치. 주사위에 들어간 꿀벌에는 딱 네 가지 스티치만 사용되었습니다.
정말 간단하게는 스트레이트스티치만 가지고도 굉장히 멋진 작업을 할 수 있습니다. 프랑스자수를 시작할 때 너무 겁먹
지 마시고, 같은 스티치를 같은 간격으로 배열하는 것부터 시작해보세요.

**오늘도
핸드메이드!**

"행운의 꿀벌 주사위"

나를 향한 넉넉한 시선

삶이 우연으로 가득 차 있음을 받아들이는 것은 모든 일을 우연에 맡기는 것과 다르다고 생각합니다. 인생에서 몇 가지 큰 결정을 내릴 때, 우리는 최선을 다하지만 마음처럼 되지 않는 경우가 더 많지요. 바로 그런 순간, 이유를 나에게서 찾다 보면 언제부턴가 스스로를 가혹하게 대해버리고 맙니다. 저도 아직까지 그런 습관을 다 고치진 못했지만, 되도록 그러지 않으려고 노력합니다. 내게 주어진 시간을 꽉꽉 채우더라도 내 손을 떠난 이후의 결과는 어떻게 될지 아무도 알 수 없으니까요. 누군가에게 고백을 하고, 꼭 붙고 싶은 시험을 준비하는 일이 아니라 당장 오늘의 점심이 맛이 있을지 없을지조차 우리는 알지 못합니다. 기대를 잔뜩 하고 간 어떤 날의 맛집이 실망스러울 때도 있고, 눈에 띄어 들어간 아무 식당에서의 점심이 그해 최고의 식사가 될 수 있듯이. 우리는 너무 많은 기회가 우리를 스쳐 지나가지 않도록 적절히 준비하고, 가능성을 열어두고, 빗나간 우연에 너무 큰 상처를 받지 않도록 스스로를 넉넉한 시선으로 바라보는 것이 좋겠습니다. 바로 독자분들이 제게 해주었던 것처럼요!

🌑50 기필코 수제 치즈!

핸드메이드 라이프를 지향한 지 몇 년

주로 지난날의 동경을
손으로 만들곤 했습니다.

나무 식기, 자수를 놓은 행주,
작은 레이스와 버터

그리고 홈메이드 치즈!
제리가 좋아하던 구멍이 송송 난 에멘탈치즈,

월레스가 크래커에
발라 먹던 달 크림치즈.

우와

사 먹는 것도 물론 맛있지만
갓 만든 신선한 치즈를 먹고 싶습니다.

간단하게는 우유를 끓이다
산을 넣고 뭉치면 되지만

CHEESE

기억 속 그림과 더 가까운
치즈였으면 합니다.

효소…?

단단한 치즈를 위해 '레닛'이라는
식물성 효소가 필요하네요.

또… 애플사이더비니거… 염소유…
플레이크솔트…. 낯선 이름의 연속.

처음엔 욕심내지 않고
레시피에서
내가 할 수 있는 만큼
잘라봅니다.

치즈를 만들기 좋은
저온살균 우유를 하나 사 옵니다.

우유와 냄비, 온도계, 사과식초,
그리고 꽃소금으로 대신 준비 끝!

냄비에 우유 1.8리터를 붓고
뭉근하게 끓입니다.

온도를 재가며 바닥에 우유가
들러붙지 않게 살살 저어줍니다.

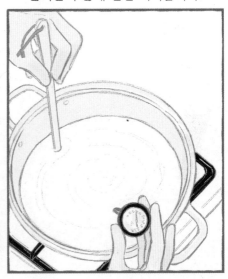

**오늘도
핸드메이드!**

93도가 되면
사과식초 60밀리리터를 부어요.

곧 신기하게도 우유가
커드와 유청으로 분리됩니다.

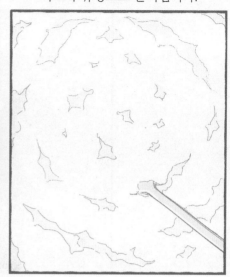

불을 끄고 커드가 더 뭉치도록
국자로 살살 저은 뒤

면포를 얹은 채에 쏟아줍니다.

이때 분리된 유청은
마사지용이나
음식에 넣어 활용할 수
있다고 해요.

소금을 작은 술 뿌리고
커드에 잘 섞습니다.

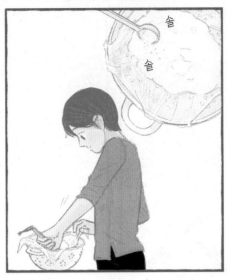

점점 하나로 뭉쳐지는 커드.

면포 상태로 들어 올려
사각 빵틀에 담았습니다.

**오늘도
핸드메이드!**

유리잔에 물을 담아 눌러주고
커드가 굳도록 기다립니다.

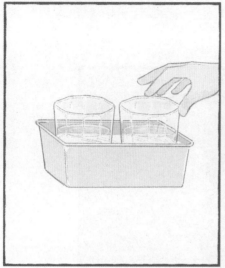

쟁반에 쏟아 면포를 걷으니
네모난 치즈가 나왔습니다.

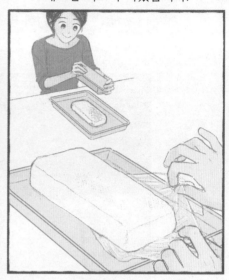

첫 치즈는 어떤 맛일까요?
조금 썰어 맛을 봅니다.

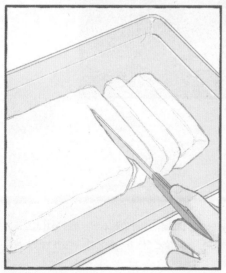

따끈따끈하고 산미가 돌며
짭짤하고 고소한 치즈는

좋은 사람과 나눠 먹고 싶은 바로 그런 맛!

———————————————————Tip!———————————————————

여기서 제가 열심히 읽던 책은 『원 아워 치즈』입니다. 집에서 한 시간 내외로 간단히 만들 수 있는 여러 가지 치즈와 그 치즈를 활용한 요리법이 소개돼 있습니다. 알기 쉽게 쓰여 있지만, 구체적으로 치즈가 만들어지는 원리와 방법을 배울 수 있으니 다양한 생 치즈를 집에서 만들어보시기 바랍니다.

51 호두껍데기 편지함

사랑하는 타샤의 그림책 속에는

탐나는 소품들이 듬뿍
등장합니다.

예쁘게 칠한 달걀,
차려입은 토끼 인형,
한 바구니의 오리 가족,
호두껍데기 속 편지처럼
온기를 나누는 특별함들.

마음을 전하기로 결심하고부터
어떤 방법이 좋을지 고민에 빠졌어요.

문자나 전화는 너무 가볍고

동이야, 어떡하지?

**오늘도
핸드메이드!**

얼굴을 보고 고백할 용기는
절대 없습니다.

편지가 좋을 것 같은데…
몇 개월간의 감정을 풀어놓기보단

타샤의 방법을 빌려
호두껍데기 속에 담아볼까 합니다.

우선 호두껍데기가 상하지 않게
깨줍니다.

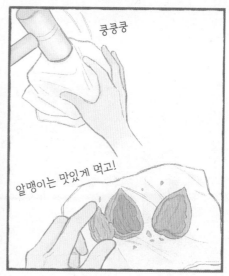

속껍질을 잘 긁어내고 말린 뒤

미니어처용
작은 경첩을 준비해요.

송곳으로 가장자리를 뚫어
조심스레 자리를 잡고

콕콕콕

양쪽에 순간접착제로
경첩을 답니다.

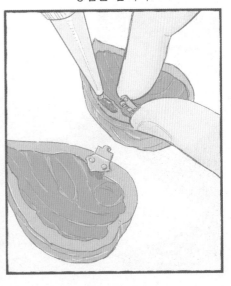

이제 두 경첩을 연결하면 되는데…

그런데 경첩이 너무 작아
잇기가 쉽지 않네요.

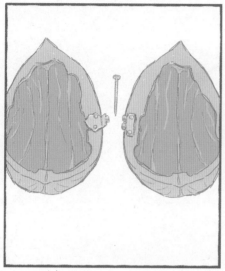

※두 시간째

1밀리미터 정도의 나사를 경첩 사이로
통과시키는 게 이렇게 어려울 수가!

이제 나사가 빠지지 않도록 마무리하면
호두껍데기 케이스가 완성됩니다.

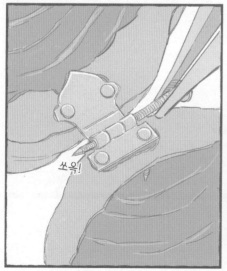

쏘옥!

앗, 들어갔다!!

접었다 폈다,
그림 속 모습과 꼭 닮았네요.

넘칠 듯 넘칠 듯,
전하지 못한 말을 적어요.

돌돌 말아 실로 묶고
케이스에 담았습니다.

마지막으로 리본을 묶어 마무리.

꽉

내 기준에서
마음을 가장 잘 표현할 수 있는
방법입니다.

꿀꺽.

정말로 전해주는 것만 남았습니다.

쥐고만 있었던
그동안의 마음을.

─────|Tip!|─────

해외에서는 이 자그마한 호두껍데기 안에 미니어처로 곰이나 토끼, 다람쥐 인형을 만들어 담고, 견과류를 파는 가게나 작은 방처럼 꾸미는 '월넛 미니어처 아트(Walnut miniature art)'를 볼 수 있습니다. 사진을 찾아보시면 마치 타샤할머니의 동화 속 장면이 톡 하고 튀어나온 듯한 사랑스러움에 시간 가는 줄 모르고 구경하게 될 거예요. 호두껍데기 케이스는 경첩을 다는 간단한 작업이었지만 언젠가 저도 호두껍데기 아트를 해보고 싶네요!

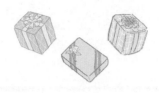

⑤ 특별할 것 없는 베갯잇

내년이면 29세가 됩니다.

3년 전에 28세까지의 바람을
리스트로 적어놨었어요.

발만 닦고
들어가자~

흥흥

오늘 그즈음을
펼쳐보았습니다.

반갑게 되짚어보는데

하나하나
특별하지 않은 것이 없습니다.

이룬 것 반, 못 이룬 것도 반.

따뜻한 밀크티와 함께
앞으로의 리스트를 고민하다가

'특별할 것 없는 오늘 같은 날'이라
썼습니다.

아침에 일어나
강아지들 밥을 챙겨주고

형 먼저

소소한 주문거리를 만들어
택배를 보냈습니다.

정리할 겸, 베갯잇을 벗겨
세탁기에 넣어버렸는데

새로 씌울 커버가 없단 걸
뒤늦게 알았지요.

앗!

그래서 빨아둔 리넨으로
지퍼 없이 베갯잇을 만들었습니다.

베개를 넉넉히
감쌀 만큼 자르고

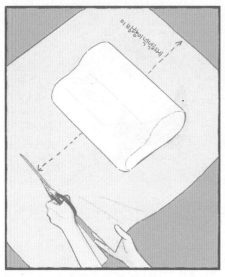

양 끝을 말아 박습니다.
베이지색에 빨간 실 두 줄이 포인트!

교차로 두 줄씩 박음질을 해서
가벼운 무늬를 냅니다.

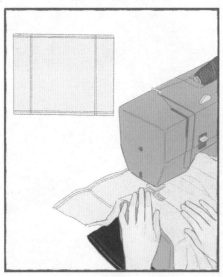

원단이 서로 겹치도록 얹은 상태에서
옆면을 베개 크기에 맞춰 재봉해요.

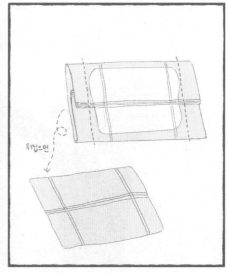

**오늘도
핸드메이드!**

시접 처리를 위해
원단 끝의 한쪽을 짧게 자른 뒤

넓은 면으로 말아 박아
옆선을 튼튼하게 마무리합니다.

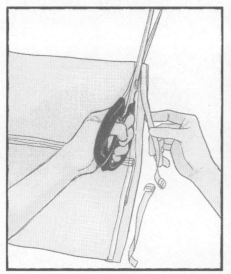

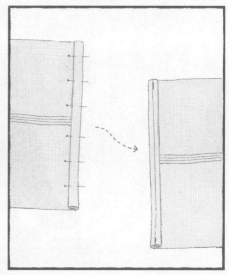

이제 뒤집으면 평범해도
편안한 베갯잇이 만들어져요.

벌려진 틈 사이로
베개를 잘 넣어

잠깐 베고 누웠습니다.

그때의 난
왜 그렇게 특별함만을
갖고 싶어 했을까?

지금도 특별한 날이 종종
나타났으면 하지만,

가장 계속되기를 바라는 건

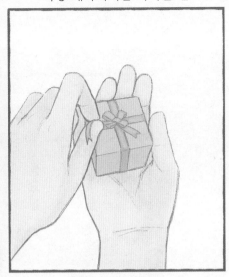

이것.

바쁨과 여유가 적당히 엉겨
나를 돌아볼 수 있는

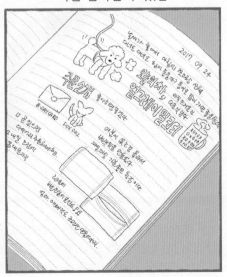

이런 보통의 하루들.

리넨은 생활용품으로 사용하기에 정말 좋은 원단인 것 같습니다. 우선 물빨래가 가능하고, 금방 마르기 때문에 관리하기가 편하고, 원단 자체가 주름이 진 것이 특징이라 구겨져 있어도 자연스러운 멋처럼 느껴지지요. 여름엔 특유의 까슬한 촉감이 더 시원하게 느껴져서 어느 날은 옷도, 시트도, 베개 커버도, 커튼도 온통 리넨 범벅일 때가 있답니다.

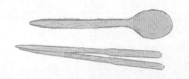

53 짝짝이 나무 수저

식구들이 모두 잠든 밤,

그릉
그릉

들을거리를 틀어놓고
나무를 깎을 때가 참 좋습니다.

사각
사각
사각

손에 힘을 너무 주지 않고
슬금슬금 나무를 다듬습니다.

가끔씩 손에 걸리는
딱딱한 부분도

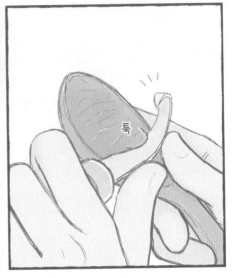

방향을 바꿔 달래다 보면 쓱 하고
결대로 깎이는 순간이 있어요.

이럴 때면 쌓인 것도
쓱 함께 내려가는 기분.

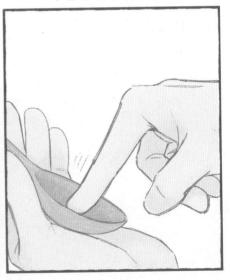

오늘도
핸드메이드!

현실의 스트레스도
풀리는 순간을 바로 느낄 수 있다면.

수작업의 장점은 이렇게 직접
힘듦과 나음을 만질 수 있다는 것.

요 며칠,
밤마다 나무를 깎는 이유는
사실 고백하러 갔던
그날 때문입니다.

잔뜩 긴장한 채로 할 말이 있다고
분위기는 다 잡아놨는데

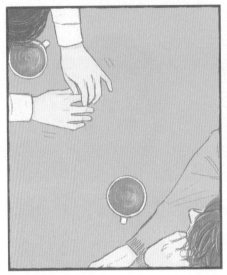

고백을 담은 호두 편지함이
없어지고 만 것입니다.

헉!

결국 이상한 이야기만 하다
집으로 돌아왔습니다.

정성껏 만든 편지함도,
고백의 순간도 전부 사라져버렸지요.

아마 날 정말 이상한
사람이라고 생각했을 겁니다.

쓱, 쓱 그날의 기억도
잘라버리고 싶어요.

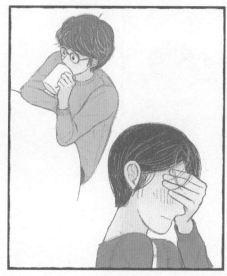

자기 생각하는 건 어떻게 알고.

띵동

소영아, 뭐 해?

숟가락, 젓가락 깎고 있어요.

또 재미있는 거 하네 ㅎㅎ

으하하, 그날은 잘 들어갔죠?

그럼~ 근데 내가 그날 뭐를 하나 주웠는데.

아무리 생각해도 주인이 너인 것 같아서.

설마…!

툭

그가 주웠다니.

하린오빠

니꺼 맞지? ㅋ

지금이 아니면,
지금이 아니면.

앞으로 영영 못하겠죠?

제가 그날 주려고 했는데
잃어버렸었어요.

나? 그럼 열어봐도 돼?
엄청 궁금했는데.

지금 말고, 나중에!
나중에 열어보세요.

나중에?

네. 그럼 전 이만 잘게요.
오빠도 잘 자요!

저질러버렸습니다.

공은 던져졌고, 손에 남은 건
제멋대로 깎인 숟가락과 젓가락.

짝짝이이지만 묘하게
닮은 이 수저는…

과연 짝이 될 수 있을까요?

젓가락이나, 버터나이프 같은 경우는 기본적인 조각도만 있어도 깎을 수 있지만 스푼을 만들 땐, 곡선을 낼 수 있는 후크
나이프라는 도구가 꼭 필요한 것 같습니다. 손힘이 강하지 않아서 일자조각도랑 환도로만 굴곡을 내려면 엄청 손가락이
아프거든요. 추천하는 브랜드는 '모라나이프'. 손잡이가 오동통하고 작아서 손이 작아도 쓰기 편해요.

"짝짝이 나무 수저"

조금씩 조금씩 눈에 보이는 변화

만화처럼 나무를 조금씩 깎아 스푼이나 접시, 작은 조각을 만드는 일을 우드카빙이라고 합니다. 큰 공간이나 기계가 없이 손맛을 느끼며 나무와 친해질 수 있는 작업이지요. 얼마 전에 눈에 보이는 결과를 얻을 수 있는 작은 취미를 갖는 건 자존감 형성에 좋다는 기사를 봤습니다. 살아가면서 쌓아오거나, 노력한 결과를 확실히 알기란 쉽지 않아서 사람들은 자기가 얼마만큼이나 성장했는지 종종 잊어버립니다. 오랜만에 지인을 만나게 되면 반갑기도 하지만 한 뼘 멀리서 바라본 그들의 성장이 느껴져서 참 신기합니다. 때로는 삶 한가운데 놓인 나보다 지켜봐주던 누군가의 시선이 더 객관적일 때가 있습니다. 너무 가까워서 보이지 않던 나의 변화가 궁금할 때, 살짝 멀리서 관찰해보세요. 조금씩 조금씩 깎인 나무가 어느새 숟가락이 되고, 젓가락으로 변한 것처럼 어떤 식으로든 달라진 나를 발견할 수 있을 겁니다. 그리고 가능하다면 나도 누군가 삶이 지지부진하다고 느끼고 있을 때, 그의 성장을 알려줄 수 있는 사람이 된다면 참 좋겠습니다.

54 행복 트레이 홀더

지난밤, 온라인에서
어떤 글을 보았습니다.

소소한 행복이 너무 지겹다며
화려한 행복을 누리고 싶다는.

왠지 생각이 많아져서
밤새 그 문장을 곱씹었습니다.

행복의 뜻은 '생활에서 충분한 만족과
기쁨을 느끼어 흐뭇함. 또는 그러한 상태'.

모두 각자가 원하는 행복을
추구할 권리가 있지요.

오늘도
핸드메이드!

나에게 있어 그건 얼음틀에
찰랑찰랑 담긴 물 같은 것.

과하면 불편하고
덜하면 아쉽습니다.

행복도 알맞은 양이
있는 것 같습니다.

알맞은 순간은 너무나 짧지만
그래서 더 소중하지요.

꿀꺽

꿀꺽

요 몇 년간 나의 행복은

오랫동안 고민해서 만난
소중한 것을

삶이란 공간에 어떻게
조화시킬까 고민하는 순간.

**오늘도
핸드메이드!**

적당한 넓이와 길이로
리넨을 자르고

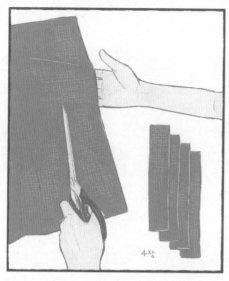

무늬를 넣을 만큼
세로 실을 빼줍니다.

끝부분을 감치고
몇 가닥씩 묶어 드론워크를 합니다.

이제 재봉틀로 리넨을
동그랗게 박아줘요.

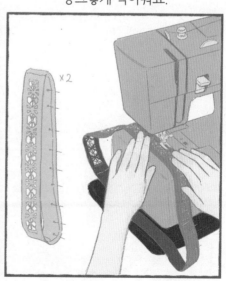

고리 두 개가 만들어지면
O링에 걸어요.

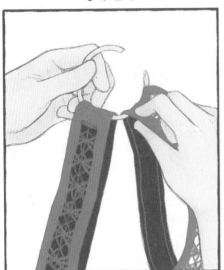

덴마크에서 1970년대에 유행한
'트레이 홀더'라는 물건입니다.

준비한 쟁반을 홀더에
거는 바로 이런 순간

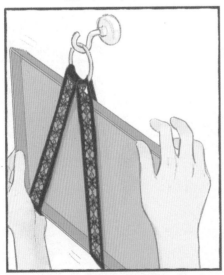

나는 행복을 담습니다.

손에 잡히는 것만을
행복이라 여기며
타협하는 것일 수도
있겠습니다.

하지만 언제 잡힐지도
모르는 것만을 바라보기엔

나는 오늘의 몫이 참 중요합니다.

어느 날은 큰 조각이

어느 날은
부스러기가

어느 날은
빈 쟁반이 될 수도 있겠지요.

그러니 언제든
어떤 모양도 담을 수 있도록

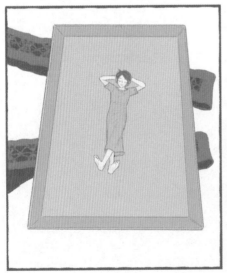

한편에 쟁반을 준비해두자고요.

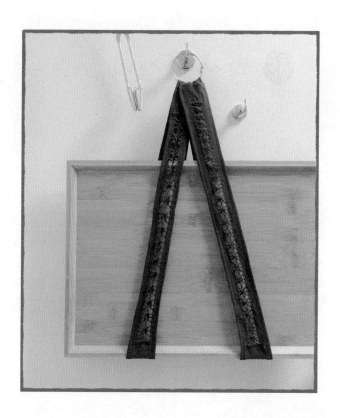

————————————Tip!————————————

『집안에 행복을 들이다』란 실용서엔 일본 여성이 덴마크 남성과 결혼하면서 배우게 된 덴마크의 문화를 간단히 소개하는 내용과 함께 전통적인 북유럽풍의 핸드메이드 소품이 실려 있습니다. 목공과 인테리어, 웹툰에 소개된 트레이 홀더나 손으로 만드는 아기 장난감처럼 지역 자체의 특징과 역사가 담긴 이야기들이 참 따뜻한 책입니다.

55 짝사랑 정리 노트

원하든 원하지 않든
우리는 살면서

언제고 끝을 만납니다.

라디오 들으면서
해야지!

헉! 마지막…

오늘도
핸드메이드!

학교와

사람과

좋아하던 것들과

그리고 감정 그 자체와도.

그래도 요새는
좋은 기술 덕에
그 감정들을 돌이켜보기
쉬워졌지요.

단편적인 기억으로 남겨진
예전의 감정과 달리

이제는 처음 문자를 나눴던 순간,

**오늘도
핸드메이드!**

우연히 같은 말을 한 날, 단둘이 영화를
본 날, 그에게 먼저 문자가 온 날,

고백을 던졌던 밤,

그리고 짝사랑이 끝난 그날까지

생생한 순간들을 잘 모아
간직해보려고 합니다.

날마다의 대화를
A4용지에 뽑아

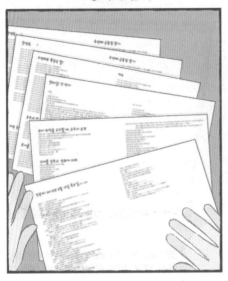

장마다 반으로 접어요.

두 장을 맞대고 끝부분을
재봉틀로 박습니다.

차례로 한 장씩 연결하면

오늘도
핸드메이드!

이렇게 아코디언처럼 되지요.

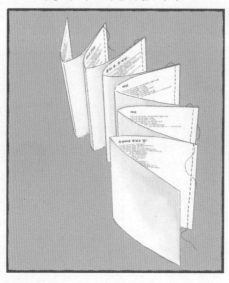

갈색 종이 두 장을 이어
커버를 준비합니다.

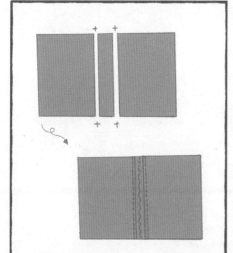

속지의 양 끝과 연결해주면

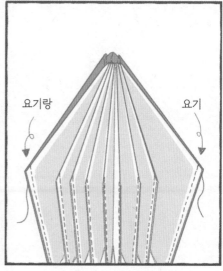

요기랑

요기

순탄치만은 않았던
나의 짝사랑이 정리됩니다.

겉면에 산솜다리를
그려 넣었어요.

산솜다리의
꽃말은

소중한

**오늘도
핸드메이드!**

추억.

지금까지의 고마운 과정을

언제고 펼쳐볼 수 있도록
책꽂이 한편에 쏙.

아무거나
괜찮은데…

오늘이 당연해지지 않도록
마음 한편에도 쏙.

———————————Tip!———————————

만화에 소개된 것보다 더 간단한 재봉틀 실 제본 방식이 있지요. 우선 종이와 커버종이를 잘 잘라 준비하고 딱 반을 표시
해줍니다. 그다음 가운데를 재봉틀로 드르륵 박으면 끝! 아주 간단하게 노트를 만들어 쓸 수 있지만, 종이가 너무 많으면
재봉틀에 무리가 갈 수 있으니 대여섯 장 정도로 가볍게 만들어보세요.

56 어디에나 맛있는 사과계피청

사과는 잘 고르기 어려운
과일 중 하나입니다.

흐음.

색이 좋고 상처가 없어도

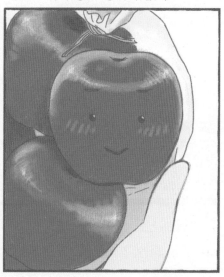

맛은 언제나 복불복.

이번 사과도 달긴 하지만 설컹하니
식감이 좋지 않네요.

설컹

겉모습이 멀쩡하다고
속까지 괜찮은 게 아닌 건

나만 봐도
알 수 있는데 말이지요.

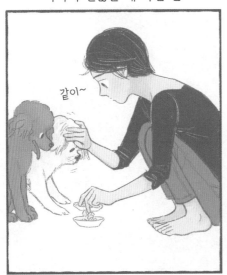

같이~

사각

사각

찹

찹

그래도 사람과 달리 사과는
품을 들이면 금세 맛있어집니다.

오늘은 애물단지 사과로
사과계피청을 만들어야겠어요.

청을 만드는 방법은
사람들마다 조금씩 다릅니다.

설탕 대신 꿀을 넣기도 하고
숙성을 시키거나 끓이기도 하지요.

제일 간단한 방법으로 만들기로 했습니다.
재료는 사과와 황설탕, 통계피!

사과는 베이킹소다로
깨끗하게 씻습니다.

통계피도 소다와 칫솔로
구석구석 닦아 잘 말려둡니다.

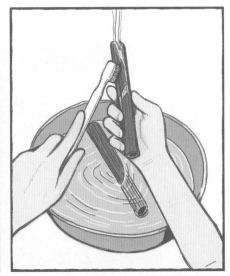

**오늘도
핸드메이드!**

사과는 반을 가르고 얇게 썰어요.

썰어놓은 사과에 설탕을 충분히 뿌리고
숨이 죽도록 버무립니다.

사과가 숨이 죽으면
소독한 유리용기에

사과, 계피, 설탕순으로
차곡차곡 재료를 쌓아요.

설탕과 사과를 1 : 1로 넣는 것이
가장 맛있지만 당이 걱정되니까 적당히!

층층이 올려 유리병을 채우면 끝!

실온에서 이틀 정도 숙성시켜
설탕이 녹으면

냉장 보관해 4~5일 후에 먹습니다.

맛있겠다!

뜨거운 물에 타서
차로 마셔도 맛있고

잘게 썰어 요거트에 넣어 먹어도
정말 맛있습니다.

청을 넣은 베이킹도
언젠가 꼭
도전해보고 싶네요.

조금의 정성과 시간이
들어갔을 뿐인데

고르기에 실패한 사과가 어디에나
어울리는 식재료가 되었네요.

정성과 시간,
단순한 방법일수록
실천하기 어렵지만

스스로도 다양한 방식으로
가꿔봐야겠습니다.

————————————Tip!————————————

이 편을 그리면서 알게 된 내용인데 계피와 시나몬은 마치 사람과 원숭이만큼 다른 것이라고 합니다. 시나몬은 실론시나몬, 계피는 중국시나몬을 말한다고 해요. 시나몬은 정향과 바닐라 계통의 향을 내는 유게놀이 많아서 고급스러운 단맛이 돌고, 계피는 자극적인 성분인 장뇌가 함유되어 있어서 단맛과 함께 거칠고 매운맛이 납니다. 부드러운 차 맛을 위해선 계피보다 시나몬을 넣는 편이 더 좋겠네요!

57 가을에서 겨울로 건너간 양말

코에 스미는 시린 바람,

테이블 위엔
따끈한 밀크티와 새그러운 귤,

킁킁

일어나 맨발을 디디면
차가운 바닥에 깜짝!

겨울이 이토록
가깝게 다가와 있었네요.

면으로 된 덧신도 부족하다고
느껴지는 지금.

매번 어려워 뜨다 말았던 양말에
도전해볼 시기겠지요?

깼어?

155

처음은 너무 높은 난이도의
책을 보고 뜨다가 실패했고

다음엔 내 맘대로 하겠다며 만들다가
작고 틀어진 양말을 만들었습니다.

꾸우욱

틈날 때마다 방법을 찾던 중

**오늘도
핸드메이드!**

정말 친절하게 방법을 설명해놓은
어느 다정한 블로그를 만나게 되었지요!

우선 발 둘레를 잰 다음

※ 블로그 '나무의 니팅 실험실'

둘레의 반만큼 풀어내는 코를 잡습니다.

이제부터 되돌아뜨기로
발가락 부분을 뜹니다.

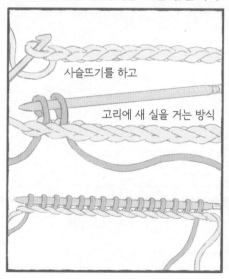

사슬뜨기를 하고

고리에 새 실을 거는 방식

영어로는 Wrap & Turn

원리는 경사지는 곡선 부분을
뜨지 않고 실로 감아 한쪽 면을 뜨고

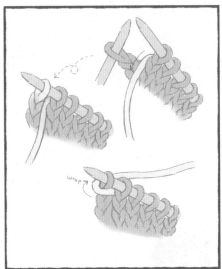

한쪽 면이 끝나면 감아둔 코를 같이 떠
반대쪽 면과 이어지게 하는 것!

귀여운 앞부분이 완성되면

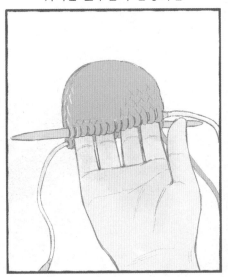

처음의 풀어내는 코를 풀어
원통뜨기로 발등까지 쭉 뜹니다.

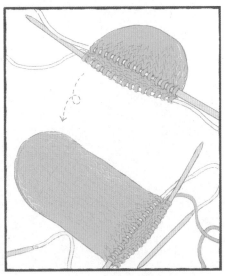

**오늘도
핸드메이드!**

이제 발꿈치에서 한 번 더
되돌아뜨기를 해요.

원하는 높이만큼 고무뜨기로
발목을 더해주면

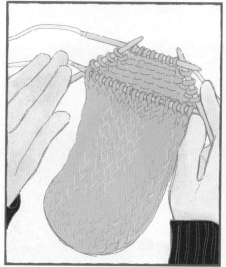

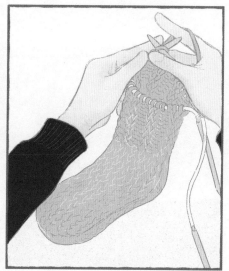

드디어 내 손으로
완성하게 된 양말!

아차차,
한 짝을 더 떠야 완성이네요.

이렇게 계절을 건널 때면

문득 나는 얼마나 건너왔는가를
생각하게 되죠.

눈에 띄는 도약이 아니었어도

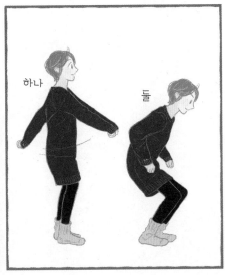

하나

둘

**오늘도
핸드메이드!**

기대하던 거리에 훨씬 못 미쳤어도

혼자였다면 내딛기 어려웠을 이만큼.

딱 이만큼이

걷는 동안
참 따뜻했습니다.

─────────────────── Tip! ───────────────────

만화에 소개된 '되돌아뜨기'를 마스터하면 양말뿐만 아니라 다양한 니트 소품에 응용할 수 있습니다. 예전에는 뜨개질을 배울 때 뜨개방에 가거나 책을 붙잡고 하루 종일 끙끙대곤 했지만, 최근엔 만화에 소개된 나무 님의 '니팅 실험실'처럼 단계별로 친절하게 설명된 블로그나 동영상 강의도 많아졌어요. 그리고 뜨개질과 관련된 대형 카페에서는 같은 도안으로 여러 명이 함께 뜨며 과정을 공유하고 서로 가르쳐주기도 한답니다.

58 자연스러운 게 자연스러운 개!

오늘은 벼르던
폼폼메이커를 꺼냈습니다.

털실로 방울을 만드는 도구인데

모자나 옷에 많이 달지만 요즘엔
폼폼 인형을 만드는 것이 유행이지요.

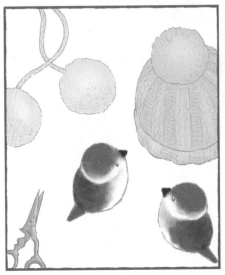

먼저 폼폼메이커에 감을
실을 정합니다.

조코, 동이
반반씩~

메이커의 아랫부분에
크림색 실을 빵빵하게 감아 달아요.

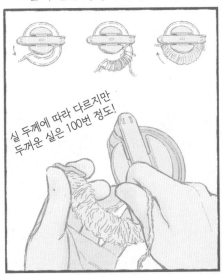

실 두께에 따라 다르지만
두꺼운 실은 100번 정도!

윗부분에 크림색을 한 바퀴만 감은 뒤
그 위를 초코색으로 빵빵하게 덮습니다.

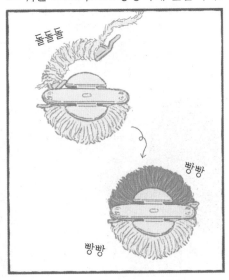

돌돌돌

빵빵

빵빵

그리고 가운데를 가위로
쭉 갈라줘요.

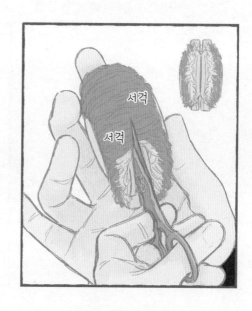

실 한 가닥을 가운데 틈으로
꼭 묶어 매듭을 짓습니다.

폼폼메이커를 빼고
손에서 굴려주면 동그란 폼폼 완성!

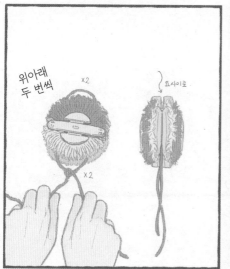

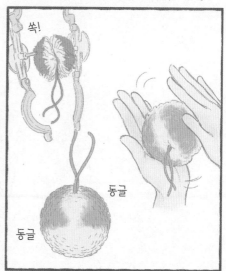

같은 방법으로 작은 메이커에
실을 반만 묶어 귀를 두 개 만듭니다.

이제 가위를 이용해 강아지의
얼굴 모양으로 다듬어요.

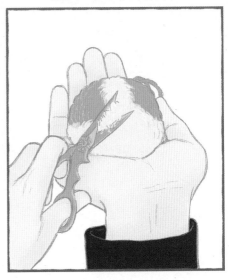

주둥이 위를 푹 깎고
눈 주변도 자릅니다.

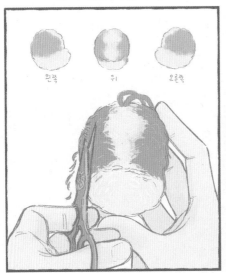

얼굴에 귀의 매듭실을
가운데로 꽂아 뺀 다음

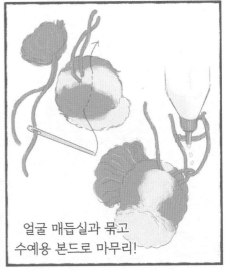

얼굴 매듭실과 묶고
수예용 본드로 마무리!

반대쪽에도 똑같이 달아주고
귀 모양을 다듬습니다.

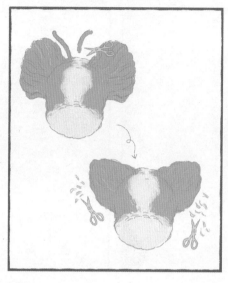

이제 눈, 코의 자리를 정한 다음
수예용 본드를 발라 푹 고정해요.

조금씩 가위로 다듬어 마무리하면

완성되는
나의 폼폼 강아지.

손 가는 대로 만든 폼폼 인형은
어디선가 만난 듯한 믹스견이 모델입니다.

우리 집 두 친구는 사람들에게
잘 알려진 견종이지만

언젠가 새로운 식구를
맞이하게 된다면

쪼코 (5세)
푸들

동이 (17세)
시츄

**오늘도
핸드메이드!**

이름 없이 자연스러운 친구와
함께하면 좋겠다고 생각했습니다.

사실 개들의 종류는
인위적으로 나뉘었기 때문에

순종에 가까울수록 선천적으로
아플 가능성도 높다고 해요.

동이가 나이 드는 것을 지켜보며
더욱 걱정이 됩니다.

믹스견을 사진으로 찍어 입양을
권장하는 프로젝트를 본 적이 있는데

그 따뜻함과 자연스러운 방법이
참 놀라웠습니다.

이름이 있어도, 없어도 모든 개는
참 사랑스럽습니다.

대부분의 존재가 그러하듯이!

─────────────────────────Tip!─────────────────────────

이 편에서 『처음 시작하는 동물 폼폼』이라는 책을 보고 배운 내용이 큰 참고가 되었습니다. 이 책에는 다양한 동물을 폼폼메이커를 활용해서 만들 수 있는 방법이 꼼꼼히 수록되어 있어요. 준비물은 폼폼메이커와 털실, 니들펠트용 바늘, 스펀지와 인형의 눈, 코 정도면 되고 상대적으로 빠른 시간에 완성할 수 있어 처음 시작하는 분들에게 추천하고 싶은 공예입니다.

"자연스러운 게 자연스러운 개!"

특별하지 않아도 사랑스러운

이 에피소드는 사실 연재 초반부터 쭉 전하고 싶던 메시지였습니다. 우리는 늘 불운한 상황으로 인해 도움이 필요한 이들을 인지할 때, 동정 어린 시선을 동반하고는 합니다. 그럴 때면 불쑥 그들을 동정함으로써 나의 상황이 더 나음을 위안하려는 못된 생각이 있다는 것을 알게 되지요. 도움을 줄 수 있는 이와 필요한 이가 있다는 것 말고는 다른 점은 없는데 말입니다. 그러던 중 만화 속에 나온 믹스견 프로젝트를 알게 되었어요. 믹스견의 자연스러운 매력을 아주 근사하게 사진으로 찍어서 입양을 권장하는 프로젝트였습니다. 불쌍해서, 마음이 안 좋아서가 아니라 함께하고 싶다는 감정을 더 크게 불러일으키는 면에서 무척 좋은 방향이라고 생각하게 되었지요. 이 폼폼 인형 편은 저만의 작은 믹스견 프로젝트였습니다. 측은지심을 갖는 것은 세상을 한층 부드럽게 하는 데 꼭 필요하겠지만 어쩌면 함부로 갖는 그 마음이 누군가에게 상처가될 수도 있다는 것을 항상 주지하고 있는 사람이고 싶습니다. 그리고 언젠가 맞이할 새 친구에게도 네가 불쌍해서가 아니고, 너의 존재를 만났기 때문에 가족이 된 거라는 말을 할 수 있기를 바랍니다.

59 시간을 공유하는 스웨터

뜨개질 하면
가장 먼저 생각나는 것은?

스웨터?

그치그치

맞아요. 겨울이 왔는데
안 뜨고 넘어갈 수 없는 그것.

먼저 실부터 고릅니다.

요즘엔 온라인으로 실을 사곤 해요.

좋은 점은 실의 정확한 소재와 관리법,
써본 사람의 후기를 보고 살 수 있다는 것!

며칠 후,
진초록색의 실이 도착했습니다.

조금 넉넉한 느낌으로 뜨려고 해요.
4밀리의 바늘에 100코로 시작합니다.

겉뜨기 두 번, 안뜨기 두 번으로
밑단을 짜 올라가요.

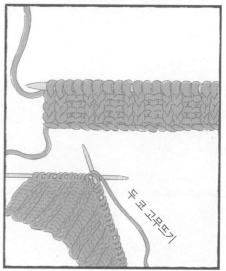

적당히 밑단이 나오면
겉뜨기로 쭉 몸판을 뜹니다.

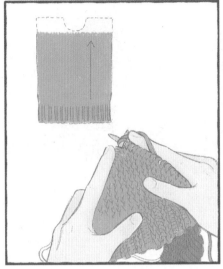

복잡한 곡선이나 무늬 없이
단순하게 만들어도 괜찮아요.

목 바로 밑까지 떴으면

코의 절반을
옷핀으로 표시하고
목선에 들어갑니다.

중간에서 다섯 코 정도 코막음을 하고

다음엔
두 단마다 코를 줄여
곡선을 만듭니다.

오늘도
핸드메이드!

서너 단을 코줄임 없이 뜨고
어깨선을 마무리해요.

반대쪽도
똑같이 짜면
넉넉한 앞판
완성!

같은 방법으로 뒤판을 뜹니다.
앞판보다 몸판은 길고, 목을 덜 깊게!

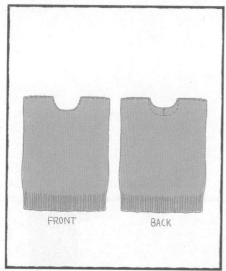

FRONT   BACK

이제 남은 건 소매입니다.
40코 정도 잡아 고무뜨기로 시작해요.

소매의 고무단은 긴 게 예뻐 보여
밑단보다 길게 짜주었습니다.

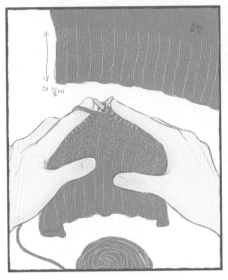

마지막 코 전에
실을 감고 뜨면
한 코가 늘어나요.

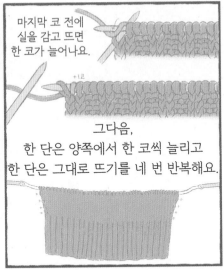

그다음,
한 단은 양쪽에서 한 코씩 늘리고
한 단은 그대로 뜨기를 네 번 반복해요.

그리고 나선 열 단마다
양쪽에서 코늘림을 합니다.

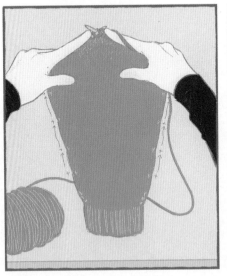

팔 길이만큼 뜨고 코막음을 해요.
그렇게 소매 두 쪽을 뜨면 준비 끝!

오늘도
핸드메이드!

다했어?

아… 아직…

이제
연결하면 돼요.

응, 완성하면 알려줘.

오빠도 다 읽으면
어땠는지 말해줘.

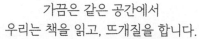

응응

가끔은 같은 공간에서
우리는 책을 읽고, 뜨개질을 합니다.

꼭 같은 것을 하지 않아도
서로의 시간과 온도를
공유할 수 있지요.

어깨, 옆선, 소매를 이어주고
목에서 코를 주워 고무뜨기를 하면

드디어 스웨터 완성!

**오늘도
핸드메이드!**

고요히 즐겼던
편안함과 따뜻함이
묻어 있네요.

——————— Tip! ———————

저도 스웨터는 두세 번밖에 떠보질 못했지만, 한 번만 옷을 처음부터 끝까지 떠보면 뜨개질에 대한 두려움이나 막연함이 확 줄어듦을 느끼실 수 있을 거예요. 보통 한 벌을 뜨는 데 여성 기준으로 실이 네다섯 롤 정도 들어가는데, 이건 실마다 바늘마다 전부 다릅니다. 큰 작업 전에는 손바닥만 하게 정사각형으로 먼저 뜬 뒤, 그걸 토대로 계산해보고 시작하는 편이 시행착오를 줄일 수 있어요.

60 혼자라도 포근해, 카펫!

내일 이사를 나갑니다.

기숙사에서나 친구랑 산 적은 있지만
제대로 된 독립은 이번이 처음이네요.

**오늘도
핸드메이드!**

슬슬 그럴 때가 되었다고
생각하면서
준비했던 것이
두 가지가 있습니다.

하나는
열심히 정리하는 것과

또 하나는
나가서 쓸 카펫을 뜨는 것.

거의 다 했다...

시장에서 안에 솜을 채워 넣은
두툼한 실을 사 왔습니다.

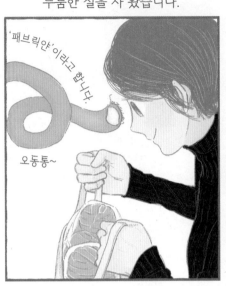

이렇게 큰 뜨개질은 처음이라서
완성할 수 있을지 조금 걱정이 들지만

내 키만큼 코를 잡고선
뜨개질을 시작했습니다.

오랜만에 동이와 쪼코랑
멀리까지 산책을 다녀온 날 밤에,

서늘해진 오전
엄마와 따끈한 차 한 잔을 마신 뒤에,

아빠가 눈을 감고
티브이를 보는 동안에도

주무시나?

도서관에서 습관처럼
빌려 온 책을 쌓아두고선

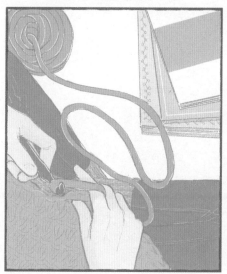

어릴 때부터 버리지 못했던
옷들을 정리한 다음

더 이상 내 방도, 작업실도
아니게 될 방에서.

한 줄, 한 줄 늘려가다 보니
오늘은 마무리만 남았네요.

긴뜨기로만 떴는데 실이 두꺼우니
익숙한 무늬도 색다르게 느껴집니다.

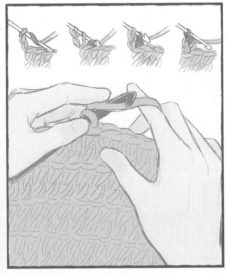

코 사이 공간으로
실을 교차해 간단히 무늬를 내고

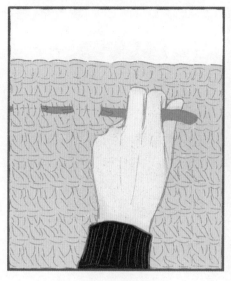

테두리를 짧은뜨기로 둘러주면

우리 집이 듬뿍 담긴
카펫이 완성됩니다.

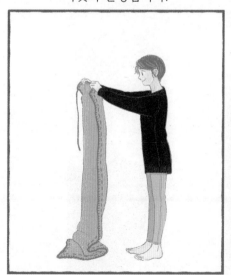

멀리 가는 것도 아니고
자주 들를 텐데도

어찌나 마음이 심란한지.

가족들과 카펫 위에서
한 밤 자고 떠날 땐

제법 푹신하네.

동이! 쪼코!
일루 와.

툭툭

엄마~

**오늘도
핸드메이드!**

혼자서라도

이 포근함을
데려갈 수 있겠지요?

뜨개질의 매력은 똑같은 방법으로도 실에 따라 100가지의 느낌을 낼 수 있다는 것이겠지요. 패브릭얀은 톡톡하고 폭신한 매력으로 모자나 목도리, 겨울 가방으로도 잘 쓰이는 실이에요. 다만 한 롤의 양이 얼마 되지 않아서 아이템을 하나 완성하려면 생각보다 재료비가 많이 드는 단점이 있습니다. 이 카펫에는 20~25롤 정도가 쓰인 것 같아요.

"혼자라도 포근해, 카펫!"
이야기가 담긴 핸드메이드

『오늘도 핸드메이드!』는 처음엔 1년 동안의 연재를 계획했었습니다. 담당자님과의 회의 끝에 열 개 정도의 에피소드를 더하기로 했고, 그즈음 혼자 완결을 준비하면서 뜨기 시작했던 것이 이 카펫이었습니다. 거실의 한 면을 다 차지할 정도로, 스무 롤이 넘게 실이 들어갈 정도로 큰 작업이었는데도 뜨는 동안 아쉬운 마음만 가득했습니다. 한 단씩 이야기를 연재했던 기간을 떠올리며 채워나갔기 때문일까요? 너무 큰 행운이었기 때문에 더 끝내고 싶지 않은 이야기였지만, 이 이야기가 나에게, 그리고 독자들에게 지겹다고 느껴지기 전이 가장 끝내기 좋은 시점이라고 생각했습니다. 카펫은 딱 직사각형 모양이 아니라 왠지 한쪽으로 휘어지고 테두리가 올록볼록 매끄럽지 않게 완성되었어요. 내 손을 거친 티를 내듯, 감정의 동요를 나타내듯. 처음엔 나의 일상과 감정만 담기던 핸드메이드에 이제 연재 기간을 내내 함께해준 독자분들의 이야기도 함께 담기고 말았습니다. 우리 집엔 이런 물건들이 구석구석 자리를 차지하고 있어서 저는 아마 이야기가 끝나더라도 한동안, 아니 꽤 오랫동안 『오늘도 핸드메이드!』와 이별하지 못할 것 같습니다.

61 솔방울 종이 오너먼트

오너먼트는 꾸밈을 위한
장식품을 말합니다.

예를 들면 트리에 다는 작은 장식품을
크리스마스 오너먼트라고 하지요.

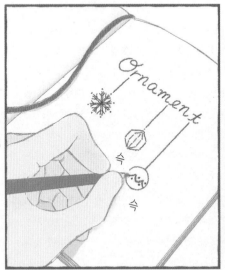

동그란 구슬, 때로는 과자,
선물이 담긴 주머니…

이 시즌의 유럽에는
크리스마스 장터가 열리는데

사실 화려한 트리보단
소소한 오너먼트가 좋습니다.

온 거리가 반짝이고 예쁜 것들로
가득하대요.

오늘은 이사 후, 아직 낯선 이 공간을
더 친밀하게 만들어보려고요.

두꺼운 갈색 종이를 작은 동그라미부터
점차 크게 잘라줍니다.

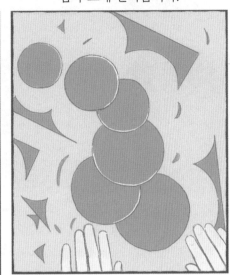

동그라미를 반 접어 자국을 낸 뒤
간격을 맞춰 가위집을 줘요.

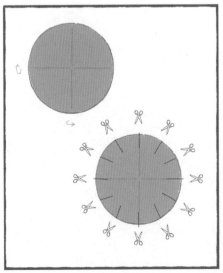

이제 양쪽 끝을 말아 뾰족하게 만들어
풀로 고정합니다.

빙 돌아 반복하면 이렇게
톱니 모양이 나옵니다.

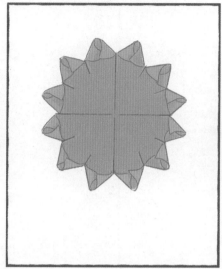

작은 원들도
반복해주고

세 번째로 작은 원은 가위집을
한 칸씩 줄여 톱니를 만듭니다.

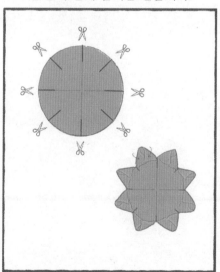

제일 작은 동그라미는
네 번만 가위집을 내서 말아줍니다.

이제 실로 가운데를 통과시켜
연결하면

종이 솔방울이
만들어져요.

솔방울을 한 개 더 준비한 다음…

짠!

재미를 위한 오너먼트를
하나 더 만들려고요.

종이를 길쭉하게 자르고
일정한 간격으로 자국을 냅니다.

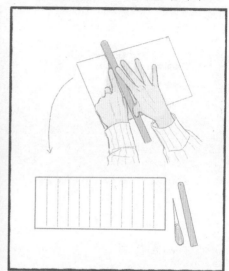

그리고 네 칸 간격으로
대각선을 그어요. 반대 방향도!

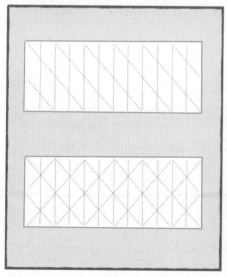

이제 한 번씩
같은 방향으로 접습니다.

자국대로 접은 다음
표시된 곳을 바늘로 뚫어 실을 당기면

주름이 예쁜
종이 오너먼트 끝!

솔방울 위에
자리 잡아줍니다.

마지막으로 준비해둔
솔방울을 그 위로 연결하면

소박해도 따뜻해 보이는
종이 오너먼트가 완성됐어요.

어디에 둘까나.

반겨주던 이들이 없어
조금 적막한 현관이 좋겠습니다.

앞으로는 이 공간과

더 가까워지길
바라면서요.

————————————————Tip!————————————————

만화와 똑같은 건 아니지만, 집에서 쉽게 따라 할 수 있는 귀여운 종이놀이가 가득한 사이트 하나를 소개하려고요. 주소는 'www.minieco.co.uk' 입니다. 오픈 소스로 창작 도안을 공유해주는 고맙고 귀여운 곳이지요! 종이가면, 입체다이아몬드, 크리스마스 오너먼트 등등 종이로 놀 수 있는 방법이 이렇게 많다는 것에 깜짝 놀랄지도 모릅니다.

⑥² 나 사용설명서

'나'로 살아온 지가 짧지 않은데도

요즘 들어 나에게
'왜'라는 질문이 많아졌습니다.

왜 이럴 때
짜증이 나지?

그건
왜 좋지?

왜 이렇게
동요하지?

이젠 내 마음속을 알 법도 한데

아직도 잘 모를 때가 더 많으니
한번 들여다봐야겠어요.

차악

차악

항목별로 떠올려볼까요?
우선 내가 좋아하는 것.

내가 우울해질 때와 그런 순간의 특효약.

일에서의 균형은 이 정도…

내가 지키고 싶은 것,
끼니 만들어 먹기!

그리고 기왕이면 크게 잡아보는
내년의 꿈 액자.

올해 자주 어겼던 주의 사항들.

다 그리면 좌우 반전을 시켜준 다음

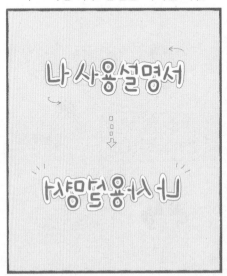

원단용 전사 용지에 뽑습니다.

'전사 용지'는 인쇄를 해서 다리면
원단에 프린트가 얹어지는 종이입니다.

가위로
정성껏 잘라서

원단 위에 잘 배치해요.

이제 손수건을 덮고 다리미로
충분히 열을 가해줍니다.

식으면 뾰족한 것으로 끝을 살짝 들쳐
조심스레 벗겨줘요.

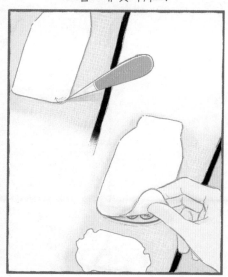

그림이 원단 위에
프린트됩니다.

이렇게 계획을 짜고,
기록을 하는 이유도

나와 더 친해지고 싶기 때문입니다.

오늘처럼,
내일도 또 내년에도

이토록 반복되는
하루를 보내고 있겠지요.

느리지만 돌이켜보면
매 순간이 달랐고

힘듦을 들춰보면
경험이 묻혀 있습니다.

시작하고 끝나는 지점의
불안감은 친구와도 같을 거예요.

늘 좋을 순 없지만,
늘 나쁠 수도 없습니다.

그 어떤 '나'도
나였음을 이해하고

매해의 사용설명서를
업데이트하면 됩니다.

손길 가득했던
나 사용설명서, 마침.

────────Tip!────────

전사 용지는 잉크젯프린터용과 레이저프린터용이 따로 있습니다. 기계가 상하지 않도록 구분해서 사용하는 것이 좋고,
다림질을 할 때도 꼭 손수건을 올린 다음 눌러야 다리미에 프린트가 달라붙지 않습니다. 집에서도 손쉽게 티셔츠나 원단
에 직접 준비한 그림을 프린트해보세요.

나 사용설명서 만들기

만드는 순서

1. 지금까지의 스스로를 곰곰이 되돌아보고, 앞으로의 나를 위한 '나 사용법'을 작성해봅니다.

2. 가운데에 나의 현재 모습을 그려봅니다.

3. 내가 기분이 좋을 때와 우울할 때, 그럴 때 하면 효과가 있는 방법,
   일이나 학업과 나의 균형감은 어떠면 좋을지 항목별로 분석해서 '나'를 채웁니다.

4. 준비된 항목 외에 내가 특별히 적고 싶은 것들을 빈칸에 마저 넣어줍니다.

5. 그동안의 나를 들여다봤을 때, 내년엔 조심해야 할 주의 사항을 적어줍니다.

6. 마지막으로 사용법을 지켜 이루고 싶은 꿈을 구체적으로 담습니다.

7. 작성해본 사용설명서를 하루가 잘 안 풀리는 날, 내가 이해되지 않는 날에 펼쳐보고 사용합니다!

나
사용설명서

하루를
후회없이
보내는법

THERE IS
NOTHING
FOR GRANTED.

WORK
BALANCE

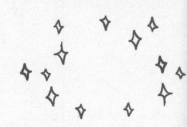

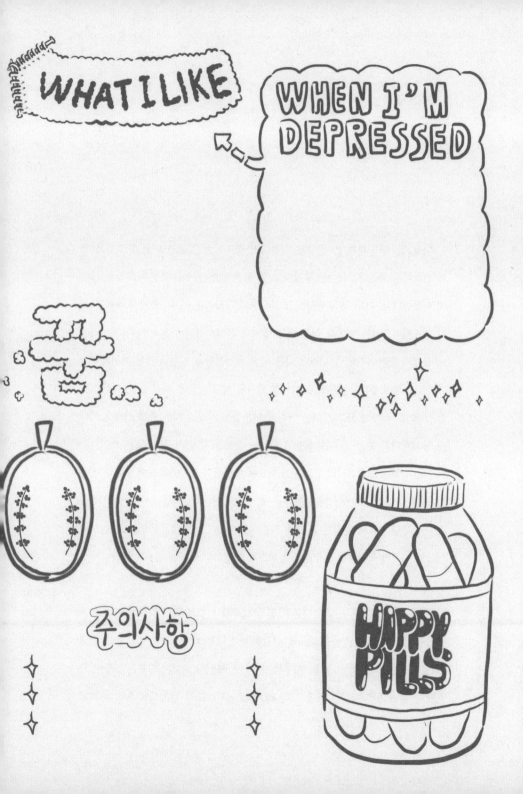

며칠 전, 누군가가 쓴 단행본 리뷰에서 좋아하는 것들을 만들고 그걸로 경제적 소득을 얻는 작가는 참 좋겠다고 한 글을 읽었습니다. 조금은 복잡한 생각에 빠졌습니다. 저도 무척 동감하고 감사하게 생각하는 부분이었지만 어쩌면 제가 핸드메이드라는 분야를 너무 쉽고 좋게만 부각시켰던 것은 아닐까라는 걱정이 들었기 때문이지요. 1, 2권이 나온 뒤에 독자분들을 실제로 뵀던 사인회에는 『오늘도 핸드메이드!』를 읽고 저처럼 퇴사를 하고 창업을 하신 분들이 계셨고, 핸드메이드 작가가 되고 싶다는 어린 독자분들을 만났을 때도 제겐 정말 감사하고 동기부여가 되는 과분한 칭찬이었지만, 정해진 길 없이 정처 없는 불안감과 마주해야 하는 프리랜서의 어려움이 떠오르며 한동안 양가감정에서 벗어나지 못했습니다. 삶 속에서 꿋꿋하게 걸음을 뗄 수 있었던 것은 작업에 대한 애정과 돌려주지 못할 정도로 받았던 큰 응원 덕분이었습니다. 취미로든, 업으로든 핸드메이드를 시작한 독자분들에게 저도 진심으로 응원하고 있음을 전하고 싶습니다.

제가 쓴 이야기를 세상에 내놓는 일은 생각했던 것보다 더 다양한 결과로 돌아왔습니다. 아끼는 것들을 되도록 정갈히 손질해서 보여주고 싶었습니다. 손으로 일궈가는 삶의 좋음, 힘듦, 지루함, 행복함, 불안감, 기쁨 그 모든 것들이 제 손때가 묻어 반질반질한 모습으로, 62개의 에피소드로 연재되었네요. 어떻게 받아들여졌을지 장담할 수 없지만 뜨개질, 자수, 그림, 글, 동물, 자연, 천, 날씨, 계절, 순간, 시간. 사랑하는 것들을 모아 만든 만화가 이렇게 끝이 났습니다. 만화 속 '소영'은 당분간 볼 수 없어도 어딘가에선 계속해서 손을 움직이고 있을 거예요.

그동안 딱히 쓸모없지만 나만 알기엔 너무 예쁘고, 나만 알기엔 너무 재밌고, 나만 알기엔 너무나 따뜻했던 손으로 하는 모든 이야기를 함께 나눠주셔서 행복했습니다. 가까운 시일에 우리 또 만나서 인사할 수 있기를 바랍니다.

다정했던 모든 이에게.

소영 드림

오늘도 핸드메이드! 3

지은이 | 소영

초판 1쇄 인쇄일 2017년 12월 13일
초판 1쇄 발행일 2017년 12월 22일

발행인 | 한상준
편집 | 김민정 · 윤정기
디자인 | 김경희 · 조경규
마케팅 | 강점원
관리 | 김혜진
종이 | 화인페이퍼
제작 | 제이오

발행처 | 비아북(ViaBook Publisher)
출판등록 | 제313-2007-218호(2007년 11월 2일)
주소 | 서울시 마포구 월드컵북로 6길 97(연남동 567-40) 2층
전화 | 02-334-6123 팩스 | 02-334-6126 전자우편 | crm@viabook.kr
홈페이지 | viabook.kr

ⓒ 소영, 2017
ISBN 979-11-86712-62-7 04810